百歳人生を生きるヒント

五木寛之

日経プレミアシリーズ

はじめに　百歳人生の衝撃

最近、マスコミが盛んに報じているのは、百歳人生説というものです。

年々寿命《じゅみょう》を延《の》ばしている人類という生き物は、どうも、百歳という長い人生を、この地球上で生きていく可能性が高くなっているというのです。テレビでも新聞雑誌でも、特集が組まれて、この百歳人生の課題が指摘されるようになりはじめています。内閣府までも「人生100年時代構想」というプロジェクトを立ち上げました。

私は二十五年前、バブル経済崩壊後の危機の中で、『生きるヒント』（文化出版局）という本を出しました。これからどう生きていけばいいのか。どんな生き方を選択していけばいいのか、そのときの不安を、読者と一緒に考えたかったからです。いま、その時代の不安より、はるかに大きな不安が迫っているように思います。百年もの人生を、どう生きていけばいいのだろうか……。

二〇一七年の初めに、世界的ベストセラーとなった二冊の本があります。一冊が『サピエンス全史』(ユヴァル・ノア・ハラリ著、河出書房新社)で、もう一冊が『ライフシフト――100年時代の人生戦略』(リンダ・グラットン、アンドリュー・スコット著、東洋経済新報社)という本です。

私も二冊を同時に斜め読みしました。興味にまかせて通読しただけなので、くわしく理解しているわけではありませんが、その読後感は、いやはや大変な時代に生きているものだ、という驚きと不安でした。

まず『サピエンス全史』ですが、七万年前、アフリカの片隅でとるに足りない動物だった人類が、西暦二〇一七年の現在、いまや神になる寸前にまで進化して、永遠の若さだけでなく、神の役割をも手に入れようとしていると、歴史学者の著者は述べています。

進化の過程で大脳を異様に発達させ、科学文明を発展させていった人類は、ついには、神の力の一部分を手に入れ、肉体の有効期限を、年々更新させていくことに成功していると。

この歴史学者の説を、現在進行形の社会に照合するとどうなるのかという本が、経営経済学者リンダ・グラットンとアンドリュー・スコットの著書『ライフシフト』ではないかという感想をもちました。

『ライフシフト』の日本版の序文は衝撃的です。

日本は、世界でも指折りの幸せな国だ……ではじまる文章で、えっ、そうかなあ、そういう幸せ感は実際にはないのだが、などとぶつぶつ言いながらも読み進めると、驚きの事実を突きつけられます。

国連の推計によると、二〇〇七年に日本で生まれた子供の半分は、一〇七歳以上生きることが予想されるというのです。この一〇七という数字が妙に説得力があります。百歳きっかりではなく、一〇七歳というところがリアルです。

国連の推計という出所を明かされると、疑いようもなく、いつのまにかとんでもない長寿社会に来てしまった、という思いに駆《か》られてしまいます。

けれども、百歳人生という言葉を聞いて、

「長生きできるとは、これほど嬉《うれ》しいことはない」

と欣喜雀躍《きんきじゃくやく》する人はごく少数で、じつは、

「そうは言われてもピンとこない」

「やれやれご苦労なことで」

と感じる人が案外多いのではないでしょうか。また、健康面や経済面での不安が重くのしかかり、百歳人生、何がめでたい！　と思う人もいるでしょう。実際、日本のような少子高齢化社会では、年金の問題や、増加する一方の医療費のことなどが大きな問題になっています。

でも、望むと望まざるとにかかわらず、私たちが百歳人生の幕開けの時代に足を踏み入れていることは、事実のようです。私は現在八十五歳で、百歳まで生きる可能性はかなり少ないとはいえ、まかり間違えば、ないとも言えない。

百歳人生と簡単に言いますが、もしそうなれば、これは人類史が、ほんとうに大転換の時代を迎えることになります。これまでの人類史の価値観やシステムは、おおむね「人生五十年」を前提に築かれてきたものです。政治も経済も、哲学も文学も芸術も、みなそうです。それがひっくり返ってしまうわけですから。

著者はこう書いています。

「私たちはいま途方もない変化のただなかにいるが、それに対して準備ができている人はほとんどいない。その変化は、正しく理解した人には大きな恩恵をもたらす半面、目を背《そむ》けて準備を怠った人には不幸の糧《かて》になる」

——ただ、そう言われても、何をどうすればいいかわからないじゃないか。それに準備すればご褒美《ほうび》があり、怠《なま》けたものには罰《ばち》が当たる、こういった懲罰《ちょうばつ》主義の考えには、私は賛同できないな……。

天邪鬼《あまのじやく》ジイさんとしては、こんな反発もおぼえてしまうのですが、「人生五十年」という死生観の時代に生まれ、その時代を生きてきた人間として、私はわたしなりに、百歳人生を歩く方法を考えてみたくなりました。

いま私たちはどこへ行こうとしているのか。これから、どう生きていけばいいのか。その歩き方も、まだわかりませんが、まずはこう自問しました。

百歳人生とは、人生の下り坂が、思っていた以上に長くなるだけのことではないか。麓《ふもと》の村が見えてきたと思ったら、その先の道のりが、思いのほかだらだらつづいていた、それは幸運や否や？

たとえば、マーケティングの世界では一昔前は、ジュニア世代、シルバー世代と大きく区切って考えられていましたが、いまはジュニアとシルバーのあいだに、シニア世代というマーケットを作ったそうです。

つまりはジュニア世代の終わりからはじまる、人生の下山の道のりが、ずいぶんと長くなっただけのことかもしれない——こう素朴に自問してみると、百歳人生、恐れるに足らず、という気持ちにもなります。

しかし一方で、人類史の大転換の時代であれば、そんな楽観的なことを言っていられないかもしれない。ひょっとすると百歳人生を生きるということは、並大抵のことではないかもしれない、百歳人生、天国か地獄か？

そんな不安が頭をよぎります。

そこで私は、これまで八十五年という、長い人生を生きてきた過程で、深く体に染みついた記憶や、ときにはトラウマになった体験などを、そのときどきを生きた年代ごとに、メモのようにしてまとめ、それをもとに一冊の本を作ってみることにしました。それがこの『百歳人生を生きるヒント』です。

はたしてそこに、これからはじまろうとする、百歳人生を生きる「ヒント」が見つかるかどうかわかりませんが、八十五歳の小説家のつぶやきとして、ご一緒に考えていただけたらと思います。

——二〇一七年十一月三十日

五木寛之

目次

第四章　七十代の黄金期　119

第五章　八十代の自分ファースト　153

企画――スフィア&ゆうゆう企画
構成――ゆうゆう企画
編集――高丘　卓
DTP――あおく企画

序章

突然、百歳人生がやってきた

百歳人生に戸惑う人たち

「あなたの寿命が百歳まで延《の》びる日が、もうすぐそこまで来ているようですよ」

と言われると、若い人も、中高年の人も、老人も、みな一様に、戸惑《とまど》いの表情を浮かべます。なんとも不安そうな目をします。

なぜだろうか?

それについて、私はこんなふうに考えています。

大多数の人びとが、この地球上で、この世界情勢で、壊れ物としての肉体と心をもって生きていくことを、かなりしんどいと感じている。

私自身もそうですが、まわりの人たちも、みんな疲れている。いま何かをしても、また何もしなくても、疲労感がただよっている。

「お疲れさま」

という言葉が、たんなる儀礼でなく、リアリティをともなって発せられる時代なんです。

この疲労感というものは、子供から大人、老人にいたるまで浸透《しんとう》していて、意識して顔を上げていないと、体の重心が下がり過ぎて、丸ごとどこかに沈みこんでしまいそうな気がしているのではないでしょうか。

こんな状態のまま、百歳まで生きることを想像すると、

「そんなに長生きしたくない」

という本音が、ポロリとこぼれ落ちてくる。

厚生労働省の完全生命表（二〇一二年公表）をもとに、自分の現在の年齢を当てはめ、百歳まで生きる可能性はどのくらいあるかを割り出す表が、インターネット上に出ているそうです。真偽のほどはわかりませんが、知人が、遊び半分、私の場合を調べてくれました。

それによると、八十五歳の私が、百歳まで生きる可能性は、三・二パーセントなんだそうです。三・二パーセントという数字をどう見ればいいのかわかりませんが、そ

れでもゼロではない。

でも実際に、自分が百歳になったとき、どのような状態なんだろうかと思いを巡《めぐ》らしてみても、思考停止に陥《おちい》ってしまいます。どうしても、その姿が想像できない。

いまでさえ、肉体の衰えは、いやというほど感じています。

去年までできていたことが、急にするのがむずかしくなる。

たとえば、歯磨きのときしていた片足立ちが、最近は、ふらついてうまくできなくなってきた。目がかすみ、耳は遠くなり、何度も聞き返す。そのうちコミュニケーションがうまくできなくなるのではないか、という危惧《きぐ》も生じてきます。

先日も映画館で、こんなことがありました。入場券を予約するとき「シンヤですか？」と聞かれたんです。

午後の部がいっぱいで、深夜でもいいかと尋《たず》ねられたのかと思い、「いや、なるべく早い時間をお願いします」と言ったところ、また「シンヤですか？」と返される。

なんだか気が利《き》かない人だな、慣れていないのかと思い、「シンヤは疲れるので、夕方をお願いします」とふたたび言うと、受付嬢も少しいらいらして、「ですから、シニヤですか?」

そこで、やっとわかりました。

その人は、上映時間が深夜かどうかを聞いているのではなく、「料金はシニヤ割引ですよね」と聞いていたんです。

「いや、耳が遠いと、笑い話みたいなことが起こるよね」

と、このエピソードを、取材に来た人たちに話したところ、

「耳が遠いのではなく、認知症かどうか疑われたんではないでしょうか」

と言われて、内心ドキッとしました。

いつも自覚しているわけではないけれども、八十五にもなると、身体能力の衰えは確実にあります。それは自然の成り行きで、仕方《しかた》がないことなんですが、社会生活においては、周囲と協調しなくてはならない場面で不都合《ふつごう》が生じてきます。

たとえば、テーブルの真ん中に置いてある醤油《しょうゆ》を取ろうとして、こぼしてしまう。ビ

タミン剤のはいった瓶《びん》のふたを開けるときに、手をすべらせて錠剤を床にまき散らす……。

新聞のページをめくるとき、手が乾燥しているので湿り気がなく、指に唾《つば》をつけないとめくれないということもあります。

指の乾燥でいえば、いまのスーパーマーケットでは、レジ袋に買った物をつめる台に、濡《ぬ》れた布巾《ふきん》のようなものが置いてあるそうです。レジ袋が薄いので、かさかさに乾燥した指では、なかなか開けないからだそうです。

商品のつめかえ台に、濡れ布巾が置かれるようになったのは最近のことで、これを見ても、指の乾いた高齢者が、大勢買い物にくる時代を象徴しているのではないでしょうか。

「老い」を感じたらもちたい自覚

どんなに自分だけは心身ともに若い、永遠の若者だと思って素足で革靴を履《は》いていても、確実に老いはやってきます。

先日読んだ橋本治《はしもとおさむ》さんの『いつまでも若いと思うなよ』（新潮新書）に、興味深いことが書いてありました。

橋本さんが、ある古典芸能をなさる、お年を召した方のお宅を訪問したときのことです。

非常に小ぎれいに、きちんと暮らしていらっしゃるので、そのことを伝えたところ、その方は、ふっとさりげなく、

「ただでさえ年寄りはきたないものだから、身の周《まわ》りぐらいはきれいにしておかなければ」

と言われたそうです。

この「ただでさえ年寄りはきたないものだから」という言葉は、非常にインパクトがあります。年をかさねていく、成熟していく、と、老化を美化する言葉はいろいろあります。しかし、物質というものは、必ず変化して異なる形態をとっていくという

ことは、自然界では当たり前のことなんです。

初夏には、さわやかな香りを放っていた緑の葉っぱが、夏の盛りには、生命力あふれる強烈な匂《にお》いを放出する。そして晩秋になると、葉を落とし、地上ですえた腐臭を放つようなる。

人間の肉体も同じで、年を経るごとに朽《く》ちていくものなんです。加齢臭《かれいしゅう》や顔のしみやしわは、いくらアンチエイジングの手法を駆使《くし》したところで、防ぎきれるものではありません。

残酷《ざんこく》ですが、年をとることは、汚くなることでもある。

かりに、百歳人生が実現して、折り返しとも考えられる五十歳から、そのさき百歳までの五十年の人生の道のりを、汚い人間として生きていかなければならないと考えてみると、その方の「ただでさえ」という言葉は重く響きます。

この自覚というものは立派だと思います。だから、せめて暮らしを小ぎれいに、身ぎれいにして、きちんと生活していこうとしていらっしゃるその姿勢は、すばらしいことではないでしょうか。

肉体のコンディションは、日毎に異なり、いつもよいときばかりではありません。動きたくないほどしんどいときも、きりっと背筋《せすじ》を伸ばして、気力で立ち上がっていらっしゃるのだろうと、一度もお会いしたことのない、その方の生活ぶりを想像しました。

老人という言葉はもはや死語？

それにしても、老いの入り口にある六十代の人たち、まだまだ元気に生きる七十代の人たちの多くが、なぜ一様に、百歳人生を喜ぶのでなく、戸惑《とまど》いを覚えるのだろうか。

それはおそらく、自分のこれからの人生が、確実に下り坂、下山の道のりになっていることを、認めたくないからなのではないでしょうか。

親の世代、祖父母の世代を見ると、その世代の六十代、七十代は、外見からして「老人」の顔つきや風体をもっていました。

白髪や、くっきり刻まれた、額やほうれい線のしわ、曲がった腰、O脚になっていく脚、そして、服装も、地味でつつましやかになっていく。それが老いの坂道を歩く人たちのイメージでした。

しかし、自分が実際、その年齢になってみると、ジーンズにスニーカーで街を早足で歩いていける。女性はミニスカートや胸の大きく開いたTシャツを自然に着こなす。

六十代初めの女性編集者は、こんな体験をしたと話してくれました。

夕暮れどき、急ぎ足でヒールの音をたてながら歩いていると、その後ろ姿を見て、オートバイのお兄ちゃんが近づいて、声をかけてきたそうです。

「何かご用ですか」

と振り向いて応じると、その若者は「なんだ、年寄りか」という表情で走り去っていったとか。

「失礼な話です」と怒る彼女にしても、自分が老いの道を下っているという自覚はありません。

では、現代の中高年は、いつごろから自分を老人だと自覚するのでしょうか。ひと昔前まで、六十過ぎごろの人たちに向けられていた「老人」という言葉が、もはや死語になった感があります。

最近、「安楽死」をテーマにエッセイを書かれた、脚本家の橋田壽賀子《はしだすがこ》さんは、八十八歳になってはじめて、自分が老人だと思ったと語っています。

あるとき、橋田さんをママと呼んで、親しくしている女優の泉《いずみ》ピン子さんから、「ママはもうそろそろ九十歳なんだから、じゅうぶん年をとっているんだよ」と言われ、初めて自分の年齢を自覚したというのです。そこではじめて、ご自分が、これからたどる人生の道のりを考えはじめたそうです。

ご主人を送り、仕事も遊びもすべてやりつくし、もうこの人生にやり残したこともない。問題は、この世からの去り方だ。

橋田さんはいろいろ考えたすえ、自分の死期、方法を自分で決めたいと思い、『安楽死で死なせて下さい』(文春新書)という本を書かれました。それは大きな問題提起で、人びとに強い衝撃を与えました。

この安楽死という選択は、これから大きな社会問題になってくるでしょう。橋田さんの意見に対して、賛成という意見が多く寄せられた一方で、そういう使用済み核燃料を始末するように、自分たちの命の始末を自らするという考えは、間違っているという意見も根強くあります。

百歳人生を考えていく上で、このような死に方、逝《ゆ》き方は大きな課題です。それ以外にも、長寿社会には、さまざまな問題があることでしょう。

深沢七郎《ふかざわしちろう》さんは、『楢山節考《ならやまぶしこう》』という作品で、姥捨《うばす》て山に母親を送る息子の悲しみを描き、深い感動を与えましたが、驚くのはその年齢です。

小説の中で、息子に背負われて山に行く母親の年齢が六十九歳。貧しい村の掟《おきて》だと、七十歳になると、口減らしのために山に捨てられるのです。

現代はどうでしょう。

『未来の年表　人口減少日本でこれから起きること』(河合雅司《かわいまさし》著、講談社現代新書)という本が話題になりました。

将来の人口推計を見て、未来の日本社会を予測した本ですが、それによると、二〇一七年では、日本人の女性の三人に一人が、六十五歳以上になったといわれています。これは、人口数の多い団塊《だんかい》の世代が七十歳を超えるため、一気に高齢者とカウントされる層が増えるからだそうです。

そして、この人たちは、社会の片隅に逼塞《ひっそく》して生きているのではなく、かなりのボリュームで、社会活動に参加しているようなのです。「最近、街や電車の中に、お年寄りが増えた」と、あらためて感じるのも納得ができる話です。

問題は、彼らに老いの自覚が、まだないことではないかと思います。彼らはかなりの可能性で、九十歳、九十五歳まで生きることになるでしょう。ところが一方で、そのときの心の準備や生活の手当てを、本気で考えている人が、ほとんどいないという現状があるのではないかと思います。

そのとき、どう老いを生きてゆくのか。どんな人間関係になるのか。どう自分の人生を完成させるのか。百歳人生をどう生きていくのか……いままだ、だれもが自分の九十歳、百歳の姿や生きざまを、イメージすることから逃げてしまっているように見えます。

私は、その歳《とし》になって愕然《がくぜん》とするのでなく、こういうことを、あらかじめ考えておく時代になってきていると思うのです。

百歳人生の三つの不安

私たちが、突然やってきた百歳人生にいだく不安は、いま大きく三つぐらいあるように見えます。

まず、経済的な変動に対する不安。

六十歳で定年退職したあとに、お金がいくらあれば大丈夫かという予測があります。ある経済評論家は、二千五百万円あればよいという説を唱えています。しかし私には、この数字は当てにならないように思えます。

たとえば、悪性のガンにかかってしまったり、思いがけない交通事故に遭《あ》ったりしたら、二千五百万円なんて、あっという間になくなってしまいます。年金を想定した数字なのでしょうが、その年金が、最早《もはや》どうなるかわからない時代です。

二つ目に、社会情勢に対する不安。

アメリカと北朝鮮の軍事的緊張が高まりつつある中で、いつ何どき日本が巻きこまれ、北朝鮮のミサイルが東京や、日本中の米軍基地にうちこまれないとも限りません。そんなことになれば、一生をかけてローンを支払ってきたマンションも家も、一瞬のうちに消えてなくなってしまい、難民のような生活を強いられることになります。

銀行は機能停止。退職金や年金を引き出すことすらかないません。巨大災害にいたっては、なす術もありません。

三つ目に、健康問題の不安があります。

いまメディアは、健康記事で氾濫《はんらん》しています。たとえば、突然の認知症や老年性のウツで、社会活動に支障をきたし、家族の介護なしには生活することもできなくなるということもあります。あれほど元気で快活だった人を襲う、まだ決定的な治療法がみつからない病。それにともなう家族の苦労……。

脅《おど》かすわけではありませんが、私はそういう記事を読むたびに、ひょっとしたら自分の身にもふりかかってくるのではないかと、戦慄《せんりつ》するような不安に襲われます。健康問題は、寿命が延びて、百歳人生に待ち受ける負の側面ともいえるでしょう。

人は元気に働いていても、明日のことはわかりません。経済のことにしろ、政治のことにしろ、また健康の問題にしろ、みんな心の中では、怯《おび》えて暮らしているのです。

新しい人生哲学を打ち立てる

私がこの本、『百歳人生を生きるヒント』で読者のみなさんと一緒に考えたいと思っていることのひとつは、これまで述べてきたような、正体の知れない不安は、何に起因しているのかという問題です。理由は一つや二つではないでしょう。

いまも言ったように、健康上の不安、国際政治・国内政治の不安、経済的な不安、さらに人間関係の不安と、いろいろな要素というものが重なっています。

——でも五木さん、世の中のどこに不安なんてあるんですか。みんなディズニーランドに押し寄せて、楽しそうに遊んでいますよ。東京ドームで巨人戦の試合があれば満員です。サッカーの試合には、六万、七万というファンがやってくるし、ハロウィンの祭りで、渋谷に大勢の若者が集まって盛り上がる。いったいどこに不安なんてあるんですか？

たしかに現象だけ眺《なが》めてみれば、そう思われても仕方《しかた》ありません。しかし私は、正反対に考えています。

こういう盛り上がりは、前を見るのが不安だから、背中を向けて、自分を鼓舞《こぶ》しようとしているからではないか。不安を麻痺《まひ》させ、社会の賑《にぎ》わいにまぎれ、自棄《やけ》っぱちに活気づけているだけのような気がしてなりません。

ある経済学者によると、日本はアジアで一番貧しい国になってしまったと言います。

つまり労働者の実質賃金は、七年間下がりっぱなし。地方の都市はスラム化が進む。経済破綻《はたん》して消滅する県だって出てくると言います。でも、いまそういう問題を、だれも深刻に受けとめたり、感じようとしません。

――ほんとうですか。休日の新幹線、飛行機はほぼ満席。多くの人が旅行をエンジョイし、グルメに夢中になっているじゃないですか。京都や金沢の観光地も、うんざりするほどの人出で賑わっているし、日本のどこが貧しいんですか。

そういう声が聞こえてきます。

でもこれは、社会や経済が安定しているからではなく、目の前に迫っている危機や、言葉にならない不安を直視したくない気持ちが働いているからだと、私は思っています。ほんとうのところは、みな刹那《せつな》的な喜びに浸《ひた》っているだけなのです。

日本人は、明治維新以後、和魂洋才《わこんようさい》を旨《むね》として、西洋の哲学や思想を、近代化の規範《きはん》としてきました。その結果、日本は科学・技術大国として成長をとげました。しかしいま、これまでの洋才主義に翳《かげ》りが出てきています。いや翳りどころか、もうこれまでの価値観だけではやっていけない所まで来ているのかもしれません。

私はいま、明治維新以来の脱亜入欧の国のあり方、西洋一辺倒あるいはアメリカ一辺倒のあり方を、見直すことが求められているような気がしてなりません。

たとえばキリストは、三十代で亡くなりました。若くして死んだキリストの宗教観は、いわば青春の熱情が横溢《おういつ》しています。キリスト教は、青春の宗教と言っていいかもしれません。

西洋の文化に、一種の青春主義の匂いがまとわりつくのは、このキリストの青春期の死と、おおいに関係があると、私は考えています。

それに対し、ブッダは長生きをしました。旅先で八十歳で亡くなりました。三十代の宗教家と、八十代の宗教家では、神の観念や人間観が違って当然です。

すでに日本という国は、戦後の青春期、繁栄期を終え、下山の道を歩みはじめました。これまでの青春主義では、下山の道のりは通用しません。しかも高齢化社会を迎え、国民も下山の道を歩みはじめています。いま私が、ブッダの思想の可能性に思いをめぐらすのも、そのためです。

医学や科学の進歩の恩恵で、人の寿命は百歳まで延びるという。そういう大転換の時代を迎えているいま、人間という生き物への価値観が追いついていない。人生の生き方や、死生観《しせい》が、「人生五十年」と考えられていた時代のモノサシのままです。そこに、漠《ばく》とした不安が蔓延《まんえん》しているのではないでしょうか。

百歳人生を生きるには、そもそも、これまで信じてきた人生観や死生観の転換が求められます。「人生百年」時代にふさわしい生き方や、人間性についての考え方を、あらためて再構築し、新しい生き方、新しい哲学を打ち立てることが必要ではないか。私はそんなふうに考えるのです。

世界に先駆《さきが》けて、日本人は、百歳人生を生きなければならない入り口に立っています。日本人は、あとにつづく国々に、どうすればいいかを、指し示す役割があるのではないかとも考えます。

そのためには、私も、いくつか覚悟をしなければならないと感じています。

第一章

さあ準備をはじめよう

未曾有の大変動期を生きる日本人

百歳人生を生きるということは、じつは私たちは、とんでもない時代を生きはじめたんだということを、まず最初に、覚悟することが大切だと思います。

平均寿命が男女とも延《の》びて、いま生まれた子供の平均寿命が百歳を超えるという、昨日《きのう》までは、考えられないような現実に直面しているのです。

現に二〇一七年九月の時点で、百歳以上の人は全国で六万七八二四人（平成二十九年九月十五日朝日新聞記事より）。これは統計の数字ですから、実際にはもっと多いかもしれません。二〇一六年より二一三二人増加していて、じつに四十七年連続で増えています。

東京の土地も物価指数も、連続増加ということはありえない。それなのに、人間の寿命だけは、ぐんぐん延びている。まさに百歳人生時代の到来なのです。

くり返しますが、私はこの百歳人生という言葉を聞いて、いや、大変なことになったな、という戸惑《とまど》いを覚えました。

まず、いま八十五歳の自分も、ひょっとしたら百歳まで生きてしまうかもしれないということ。序章でも述べましたが、いま八十五歳の男性が、百歳まで生きる可能性は三・二パーセントだそうですが、自分がその一人になってしまう可能性もある。

長いあいだ、「人生五十年」という言葉になじんだ身にとっては、八十五歳でも、おまけの人生という気持ちが強いのに、さらにあと十五年延長されたら、これはどう考えたらいいのだろうか、と戸惑《とまど》いと不安をもちます。

言ってみれば、野球選手が九回を全力で戦い、この回でゲームセットにしようと思っていたところ、決着がつかず、さらに延長二回戦を追加されたような気分でしょう。

私の世代は、「人生五十年」という言葉が刷りこまれているせいか、百歳以上の人はやはり、仙人か行者か、何か人間離れした存在のように思えてしまいます。もしかしたら自分もこの先、九十、百まで生きるのではないかということが、どうも実感として迫ってこない。

また、街に七十歳以上の高齢者があふれている時代が、目の前にあるんだという現実も、実感として理解できていないと思います。

人間の寿命が百歳まで延びるということは、じつは、これまでの人類の歴史の中でも、「超」がつくほどの大変動の時代を迎えたということです。

中世の終焉《しゅうえん》、産業革命、資本主義の台頭やフランス革命、ロシヤ革命などとは、比較にならないくらいの変化なのです。

日本列島が大陸から分離して、いまの島国になったのと同じくらいの地殻《ちかく》変動。まさに未曾有《みぞう》の大変動といっていいでしょう。

その未曾有ということが、どういうことなのか、私たちは、まだ実感としてピンときていない。

序章で、百歳人生へ向けての心の準備が必要だ、思想や哲学など価値観の変革が必要だなどと、もっともらしいことを書きましたが、実際のところ、私にも、何かえらいことになりそうだという予感はあるのですが、それがどのような形で、目の前に現れるのか、どのような風景が繰り広げられるのか、その中で、私たちの生き方はどのように変化するのか、想像がつきません。また、それを直視するのが怖いという感覚もあります。

人間というのは不思議な生き物で、そのことが起こってしまうまでは、現実味が感じられないというところがあるようです。

しかし、すでに百歳を超えた人たちの数が予想以上に増えて、いろいろ変化が出てきている現状があります。

ある市町村であった話です。

毎年、敬老の日が近くなると、役場の福祉課の人が、該当する高齢者の家を一軒ずつ回って、金一封を届けていたんですが、最近では、元気な高齢者は昼間不在がちなんだそうです。

それで、都合《つごう》のいいときに役所の窓口まで取りに来てください、とメモを残して置いたところ、百歳の人が自分ひとりで軽自動車を運転して、役所まで取りに来たというのです。

こんな話もあります。冠婚葬祭に町内会が手伝う風習が残っている地域でのことです。八十代の方のご葬儀があったのですが、そこに百一歳のおばあちゃんがやってきて、お茶を出していたというのです。

また、百歳を迎えた人に、国が長寿のお祝いとして、銀の杯を贈っていましたが、その数が予想以上に増えて、予算をオーバーしてしまい、やむなく純銀ではなく、銀メッキの品物に変えたそうです。

死ねなくなる不安

ほとんどの人にとって、「人生百年」時代という言葉が、たんに政府やマスコミの掛け声のようにしか受け取れずにいて、近い将来、自分の身に確実に起こってくる現実として考えられていないのも事実です。

序章でも少し触れたように、多くの人が百歳人生に不安を感じていると思います。このあいだ、私の講演会に来てくださった六十代ぐらいの主婦の方に、ためしに聞いてみました。

「百歳まで生きるとしたら、どうしますか」

すると、

「いやー、結構ですよ」

と、少々うんざりしたような表情をして返答されました。

それはなぜなのか？

世界一平和といわれる日本人の気持ちの中に、生きるということへの、疲労感や不安があるからだと、私は感じています。

「百歳人生は結構です。ご遠慮申し上げたいです」

と語っていた主婦の方は、さらにこんなことを付け加えていました。

「いまでさえ、毎日、疲れているのに、年々体は衰えてくるし、年金は少なくなるしで、いいことないじゃないですか。百歳のどこがすばらしいんですか」

知り合いのある男性は、NHKのテレビ特集「人体」という番組で、近い将来ガンの転移をほとんど治せる治療法が確立されるという話を聞いて、これはすごい朗報だ、と感じた一方で、ふと、思いもよらない考えがよぎってしまったそうです。

「まずいな、これでは死ねないじゃないか」

と。

何もこの人が、厭世的《えんせい》で死への願望が強いというわけではありません。ふつうに家庭があり、毎日、仕事に通っている六十代の男性です。年齢相応の心身の不調はあるものの、とくに病に悩んでいるわけではありません。

ただ、これからの人生を考えると、長寿社会の到来を、手離しで喜べないというのです。

それはなぜなのか。その人が言うには、

「私たち日本人は、ある種の無常観《むじようかん》のように、歴史の中で培《つちか》ってきた『人生五十年』という死生観に、無意識に縛《しば》られているからです」

そう感じているそうです。

人生五十年――いまの若い人は、あまり聞いたことのない言葉かもしれません。どういうことかと言えば、私たちは長いあいだ、人の寿命はほぼ五十年、そこまでは、どうにか生きていたい、でも、それ以後は余生と考えてきたのです。

戦前は五十歳を超えたらもう年寄りで、七十を超えたら、古来稀《こらいまれ》なり（古希《こき》）ということで、長寿の人は非常に例外的で、尊ばれていたのです。

しかし、戦後七十年たった、二十一世紀の現在ではどうでしょうか。

五十歳は働き盛り、七十歳過ぎても現役という方が、どんどん増えています。

いま盛んに雑誌やテレビで大騒ぎをする不倫の問題も、二十代、三十代というよりも、五十代、六十代の女性たちが、心身ともに青春時代のような情熱で、ラブ・アフエアをくり返しているという報告もあります。

何年か前、岸恵子《きしけいこ》さんが『わりなき恋』という小説で、七十代女性の恋愛を描き、話題になりましたが、それが物語の世界だけではなく、現実に行われているのかもしれません。

この話を聞いて、あっ、楽しそうだ、わくわくすると感じられる人は、百歳人生を生き抜く元気があるのでしょう。一方で、ある人はやれやれ、ご苦労なことだ、面倒《めんどう》くさいなと感じることにもなるでしょう。

しかし、何と考えるにせよ、私たちの寿命は確実に延び、百歳人生は目の前に迫ってきています。時代は動いているのです。

これまでの人生観は通用しなくなる

人類の寿命が百歳まで延びるということは、何千年ものあいだに固定化した人生観、価値判断、哲学、宗教が、ガラッと変わらざるをえないことを意味します。

これまで日本では、社会通念的に、だいたい人生を、生まれてから人間として生きるすべを学ぶ「学習期」、その後、独《ひと》り立ちして生活を支え社会で活躍する「仕事期」、そして、心身ともに老いを覚えて社会の第一線から退く「老年期」の三つぐらいの時期に分けてきたように思います。その「老年期」のはじまりが、だいたい六十歳でした。

中国の人生観はどうでしょう。孔子《こうし》の論語《ろんご》にこうあります。

「吾《わ》れ十有五にして学に志す。三十にして立つ。四十にして惑わず。五十にして天命を知る。六十にして耳順《したが》う。七十にして心の欲する所に従いて矩《のり》を踰《こ》えず」(私は十五歳のとき学問をこころざした。三十歳でひとり立ちした。四十歳にして惑いがうせた。五十歳で天命を知った。六十歳で他人の意見を聞けるようになった。七十歳で、道を外すことなく心のおもむくままにふるまえるようになった)

有名な格言ですが、これは日本人の人生観にも、大きな影響をあたえています。

仏教の発祥地、古代インドでは、人生を四つの期間に分けて、その時期の過ごし方を指南《しなん》しています。

ゼロ歳から二十五歳までは、「学生期《がくしょうき》」。

二十五歳から五十歳が仕事をもち、結婚して自分の家庭をもつ「家住期《かじゅうき》」。

五十歳から七十五歳までが、仕事や家庭の一員から卒業して、社会的活動をやめ、林に庵《いおり》を結び、人生を思索する「林住期《りんじゅうき》」。

七十五歳を過ぎたら、庵をたたみ、ずた袋ひとつで、自分の死に場所を探して放浪する「遊行期《ゆぎょうき》」。

古代インドで、このような人生区分を考えていたころの平均寿命はといえば、三十代。多くの人たちが「家住期」でこの世を去っていたのです。

いずれにせよ、七十歳まで生きたら、それこそ、古来稀《こらいまれ》、ふつうではありえない、稀有《けう》なことだったわけです。

その中で、ブッダは八十歳まで生きました。平均寿命三十代の社会で、その三倍近くも生きたわけです。この年齢の重みは、いまではとうてい想像できません。

現在、世界の最高齢者が百十七歳ですから、その年齢に匹敵するくらいだったのではないでしょうか。

また驚くべきことには、ブッダは寝たきり老人とか、歩行が困難な老人としてではなく、自らの口で食べ、自らの足で歩いて、どこへでも行き、明晰《めいせき》な頭脳と言葉で、弟子たちに仏教の悟りを語っているのです。もうそれだけで、超人です。

そのような人物の説く話を、当時の人たちは同じ人間の言葉ではなく、神の化身が語る真理として受け入れたのではないでしょうか。

世界に先駆けて人跡未踏の地にはいる日本人

いま日本は、二つのことで、世界から注目されています。

ひとつは、使用済み核燃料の最終処理の問題。

これは世界でどこの国も行《おこな》っていない分野です。先陣《せんじん》を切っている日本は、これをどうしても成功させなければならない。きわめて重大な課題なのです。

これを安全に、確実に成功させたならば、世界中から、称賛と信頼とを受けることができ、経済や軍事の大国などとしてではなく、この地球になくてはならない国として、本当のリーダーシップを発揮することができるのではないでしょうか。

もうひとつは、超高齢社会の先駆《さきが》けとして、百歳人生を幸福に、健全に生きることのできる社会システムや思想や哲学を、どう築き上げることができるかということです。

序章でも述べたように、これまでの古典や哲学、思想、人生論は、どれも「人生五十年」時代の価値基準で作られていたように思えます。人生に悩む、迷う、煩悶《はんもん》するのは、昔は、十代や二十代前半の若者の特権でした。

三十代の人間が、

「人生の意義がわからない」

などと口にしたら、

「いい年をした大人が、青臭いこと言うな」

と一喝《いっかつ》されたものでした。

しかし、「人生百年」時代になったら、それではすまないのです。

「五十歳になった。あと十年もしたら、リタイアしてゆっくり老後を過ごし、お迎えがくるのを待てばいい」

という時代は過ぎ去りました。五十歳になった、あと五十年ある、という人生行路が待っているのです。

そこにあるのは、悠々自適《ゆうゆうじてき》の、静かな老後といった牧歌的な世界ではなく、あとの五十年をどう生きるかという、人によっては重苦しさにとらわれるような、歴史が体験したことのない、未踏の世界なのです。

これまでのように、人生の第一線からリタイアしたら、子供や孫に囲まれて、のんびり余生を過ごすというようなシナリオは、もう成り立たないと考えたほうがよいでしょう。

まず経済的に、どうしたら生活できるのか。

また年々衰えていく体をどうするか、という健康面の不安もあります。

介護はだれがしてくれるのか。

またどうやって、人生最期のときを迎えるのか。

これらはどれも、深刻な問題で、これまでの人生哲学では考えられていないことばかりです。

つまり日本は、日本人は、これまでだれも考えもしなかった、「百歳人生」という大海を、海図をもたずに航海しなければならないのです。

もちろん、日本ばかりでなく、世界各国が長寿化の傾向にありますが、日本はそのトップランナーとして、手探りで歩いていかなければならないのです。

序章で紹介した『未来の年表』を開くと、私たちの想像をはるかに超えたスピードで、社会が変化していることに気づかされます。私は、未来予測をあまり信じないのですが、それでも人口統計予測は、いちばん確率が高いと思っています。

この本によると、少子高齢社会のありさまがリアルに迫ってきます。

たとえば、二〇一九年には、IT技術者が不足しはじめ、技術大国の地位が揺らぐ。

東京オリンピックが開催される二〇二〇年には、女性の二人に一人が五十歳以上になる。

団塊《だんかい》の世代が後期高齢者になってくる二〇二一年には、大量の介護離職が発生する。
二〇二三年には、企業の人件費がピークを迎え、経営を苦しめる。
二〇二四年には、三人に一人が六十五歳以上の「超・高齢者大国」になる。
二〇二六年には、認知症患者が七百万人規模になる。
二〇二七年には、輸血用血液が不足する。
二〇三〇年には、百貨店も、銀行も、老人ホームも、地方から消える。
二〇三三年には、全国の戸建て住宅の、三戸に一戸が空き家になる。
このような未来図の中で、百歳人生の設計をどう立てたらよいのか、迷うばかりです。

「人生五十年」から「人生百年」への大変換

人の一生の中で、いったいどの時期が、人生の絶頂期といえるのだろうかと考えたことがあります。人生の黄金期、収穫期とは、はたして何歳から何歳までくらいの時代をさすのだろうか。

六十歳を還暦《かんれき》という。数え年六十一歳で、ふたたび生まれた年の干支《えと》に戻るという意味のようです。

先ほども言ったように、七十歳は古希《こき》です。「人生七十古来稀《こらいまれ》なり」という中国唐代《とうだい》の詩人、杜甫《とほ》の詩によります。かつて七十歳を迎えて長生きするということは「稀《まれ》」なことととされました。いわゆる「人生五十年」といわれた時代です。

いま振り返ってみると、昔の人は驚くほど短命でした。昭和二十二年（一九四七年）、敗戦当時の日本人のゼロ歳時の平均余命は、男性五十・〇六歳、女性五十三・九六歳です。これは、戦争があったからですが、なんと、言葉どおり人生五十年なのです。

平成二十八年現在、平均寿命は男性八十・九八歳、女性八十七・一四歳となっています。

それだけではありません。前に調べたとおり、現在、百歳以上の高齢者は、なんと六万七八二四人に達したというのです。

この数は、四十七年連続で過去最多を更新しつづけているそうですから、「人生百年」時代の到来は、決して遠い未来のことではありません。すでに目の前に迫ってきているのです。

季節の移り変わりは、春・夏・秋・冬であらわします。

方角は、東・西・南・北に分けます。

ものごとの進み具合を、起・承・転・結といいます。

この、古来の四分法というのは、いかにも自然な区切りです。

そのように、人生をいま百年と考えて、これを四つに分けてみると、まず第一期に当たるのが、生まれてからの二十五年間です。さらにそのあと二十五年生きて五十歳。ここまでを前半生と考える。

それにつづく二十五年が第三期となります。五十歳から七十五歳までの時期です。

そこから、百歳までつづく最後の二十五年がはじまります。

合計百年。百年を四つの時期、四つの季節に分けて考えたのが、前に述べた古代インドの四住期です。

紀元前二世紀から、紀元後二世紀あたりに生まれた考え方のようです。それが人びとのあいだに広がっていきました。

「学生期」（ゼロ歳から二十五歳）
「家住期」（二十五歳から五十歳）
「林住期」（五十歳から七十五歳）
「遊行期」（七十五歳から百歳）

という四つです。

それを中国の陰陽五行説《いんようごぎょう》では、

「学生期」を「青春」

「家住期」を「朱夏《しゅか》」
「林住期」を「白秋《はくしゅう》」
「遊行期」を「玄冬《げんとう》」

と、四つの季節に分けて考えるそうです。

百歳人生を考える場合、私は、とりわけ人生の後半、五十歳からの生き方が問題になるのではないかと思うのです。

五十歳に達すれば、人はおのずと自分の限界が見えてきます。体力の衰えも感じるようになります。いまの社会では、若者たちからは旧世代あつかいされ、家庭でも、組織の中でも、すこしずつ、ロートルあつかいをされるようになり、居心地《いごこち》の悪さを感じはじめる年ごろになってきます。

功なり名とげた世の成功者たちは、だいたい、その年齢《とし》ごろまでに世に出ているようです。

自分にこれから何ができるのか。

五十代というのは、じつにむずかしい時期でもあります。

サラリーマンであれば、最近、定年が六十五歳になった会社も出はじめたとはいえ、ほぼ六十歳でリタイアという転機を迎えています。関連企業に天下《あまくだ》ったとしても、しょせんは期限つきの窓際族です。その先の終点は、すぐそこに見えています。

では、それが見えない人は、幸せなのか。

いや、必ずしもそうではないでしょう。

吉田兼好《よしだけんこう》は、

「死は前よりしもきたらず」

と言いました。死は前方から徐々《じょじょ》に近づいてくるのではありません。

「死はかねてうしろに迫れり」

すなわち、背後からポンと死に肩を叩かれて、愕然《がくぜん》とするのが人間である、と彼は言うのです。

では「人生百年」時代、これをどのように受け止めればいいのでしょうか。私は、五十歳を、はっきりひとつの区切りとして受け止める必要があると思います。

鴨長明《かものちょうめい》は、五十歳を過ぎて京の町を離れ、自然の中に独《ひと》り住みましたが、彼がそこに求めたものは、俗世間の掟《おきて》にしばられない精神の自由でした。

だれにとっても人生の前半の五十年の体験は、とても貴重です。

たとえば、幼年期の思い出は、かけがえのない宝です。少年時代、青年時代の遍歴《へんれき》も、終生忘れることのできない輝きに満ちています。社会人となってからの二十五年間は、まさに前半生のピークのように感じられるかもしれません。

後半の人生は「下山」の思想

それに対して、後半にあたる人生は、いままでであれば、枯《か》れたセイタカアワダチソウのように、老いと死へ向けて、徐々《じょじょ》に坂を下っていくイメージでとらえられてきました。

つまり五十歳から先の二十五年間は、フィナーレを待つ、寂しい余韻《よいん》を思わせるものでした。

しかし、人間は何のために働くのでしょうか。

もちろん生きるためです。そして生きるために働くとすれば、生きることが目的で、働くことは目的ではなくて、手段にすぎないのではないか。いま私たちは、そこがさかしまになっているのではないか、と感じることがあります。

働くことが目的になっていて、よりよく生きてはいないのではないかと、ふと感じることがあるのです。

人間、本来の生き方とは何か。そのことを考える余裕さえなしに、必死で働いてきたのが、「人生五十年」時代の生き方でした。

乱暴な言い方ですが、私は、現代に生きる人びとは、五十歳でいったん立ち止まって、これまでの人生、これからの人生を、よくよく考えてみるのはどうかと思うのです。

結婚が遅くなり、子供をもつ年齢も高くなっている現在では、まさに子育て真っ最中という家庭も多いとは思いますが、しかし、心は、五十歳でひと区切りつけていいのではないでしょうか。

そのためには、二十五歳から五十歳までの「家住期」を、必死で働かねばなりません。また女性であれば、「家住期」以後の、五十歳からはじまる新しい生活、たとえば家庭から、夫から、子供たちから自立する年代のことを、「家住期」の時代から思い描くことも大事でしょう。夫にも、子供にも頼らないとしたら、どう生きて行くのか。それは各人の算段です。

五十歳になったら、いまの仕事から離れる計画を立てる。

そのまま死ぬまで、現在の仕事をつづけたければ、それもいいでしょう。好きな仕事をして生涯を終えることができたら、それはたしかに幸せな人生です。

しかし、それでもやはり、ひと区切りつけることを考えてみてはどうだろうか。

「そんなことが、できるわけがないじゃないか」

と苦笑されて当然です。世の中には、自分や自分の家族たちを支えるためだけでなく、両親や近親者の面倒をみなければならない立場の人も少なくないでしょう。

また、病気ということもあります。

老後の不安もあります。

格差社会というプレッシャーの中で、五十歳からの人生を生き抜くことは、それだけでも至難のわざと言っていいでしょう。

そのすべてを承知した上で、あえて私は、百歳人生時代の後半の五十年の期間を、人生のオマケにしてはいけないと考えます。人は、百年生きなければならないのですから。

十歳ごとに人生を見直す

どうすればそれが可能だろうか。

ここには、どこにでも自由に飛びまわることのできる、魔法の絨毯《じゅうたん》などありません。

また、発想を変えるだけで世界が変わる、などという魔法の法則もありません。

人生は矛盾《むじゅん》に満ちています。不条理なことが無数にあります。思いどおりにならないことの連続のように見えるのが人生です。

寿命には天命ということがあるように、どんなに養生をつとめても、天寿というものを変えることはできません。人は努力しても、必ずしもそれが報われるとはかぎらない。だから、そう覚悟することです。

周囲に惜しみなく愛をそそいだ人が、なんともいえない不幸にみまわれることもあります。悪が栄えて、正義が敗れることもあります。

それを「苦」というのであって、「苦」とは、生きることはつらいことだという歎《なげ》きの悲鳴ではありません。「苦」の世界の中で、「歓《よろこ》び」を求める。真の「生き甲斐《がい》」をさがす。

それが、後半の五十年を生き抜く、ひとつのヒントであり、覚悟なのではないかと考えています。

だから、そのための準備が大切なのです。

私はいま、百歳人生という大きな課題を前に、こんなことを考えています。

五十代から百歳への道のり、つまり古代インドで考えられた「林住期」から「遊行期」への長い下りの道を、日本人の年代感覚に添《そ》って、十年ごとに区切り、その各十年を、どのように歩くかを考えてみました。

それは、次のような区切り方です。

五十代の事はじめ——これからはじまる、後半の下山の人生を生き抜く覚悟を、心身ともに元気な時期から考えはじめる時期。
六十代の再起動——五十代で思い描いた下山を、いよいよ実行する時期。実際にこれまでの生き方、生活をリセット（再起動）する時期。
七十代の黄金期——下山の途中で、突然あらわれる平たんな丘のような場所を充分に楽しみ、活力を補充する時期。

八十代の自分ファースト――社会的しがらみから身を引き、自分の思いに忠実に生きる時期。

九十代の妄想《もうそう》のすすめ――たとえ身体は不自由になっても、これまでに培《つちか》った想像力で、時空を超えた楽しみに浸《ひた》る時期。

古代インド思想から生まれた、「学生期」「家住期」「林住期」「遊行期」にくらべて、重厚感に欠けるのですが、これが、私の思い描く後半五十年の下山の心構えです。

みなさんには、どう感じられるでしょうか。

それぞれの時期に、何をしたらよいか、どんな心構えで過ごしたらいいのか。

ここから先の章は、これまで八十五年間生き延《の》びてきた私の、ささやかな体験から得たものを書き記してみたいと思います。

第二章

五十代の事はじめ

長い下り坂を歩く覚悟

「百歳人生」を生き抜くための準備は、いつからはじめるべきなのか。

私は、五十歳前後からはじめるのがよいのではないかと考えます。

「人生五十年」時代が終わり、新たな「人生百年」時代の、新しい常識を生み出してゆく五十年がはじまるのです。

この記念すべき年齢を、人生の折り返し地点と考えて、後半の道のりを歩く準備をするのです。

これは、現在、祝っている還暦《かんれき》の六十歳とは、意味が違います。

人生を登山にたとえるならば、五十歳までの人生は、ひたすら頂上をめざして登る道です。そして、五十歳からの人生は、麓《ふもと》の登山口をめざして下りる、下山の道のりです。その最初の十年に当たります。

五十歳まで生きられれば良し……と考えた「人生五十年」時代にくらべて、現在の五十代は、脂の乗りきった働き盛りといえるでしょう。

しかし、まだまだ上《のぼ》り坂のように見える坂も、アップダウンをくり返しており、小さな上り下りはあるものの、確実に、下りの傾斜になっていることを自覚していなければなりません。

私は十年前に書いた『林住期《りんじゅうき》』（幻冬舎）という本で、五十歳から六十歳のあいだに、一度は、これまでの人生をリセットしてはいかがですか……と書きました。その思いは「百歳人生」ということを突きつけられた現在、ますます強くなっています。

五十歳という折り返し地点に立って、まず、これからはじまる後半の道のりは、下り坂であるという覚悟をもったほうがよいのです。

古くから、「事はじめ」という言葉がありますが、本来の意味は、「大切なことをはじめるとき」の事だそうです。つまり百歳人生の、折り返し地点の五十代を、老いの道を歩む事はじめのとき、ととらえる発想です。

いまの五十代は、まだまだ青春真っ盛りの感情の中で、日々を生きていることと想像できます。心身から湧《わ》きあがるエネルギーは、三十代、四十代のころとくらべても、おおきな衰えを感じることは、めったにないからです。

「でもそんなときに、何で『老いの道のり』なんて考えなければならないのか」

そう思われる方も多いかもしれませんが、しかし、ここであらためて、私は下山ということを考えたいと思います。普通は、山を下りるという意味です。登山に対する下山です。

この「下山」ということに、私は長いあいだずっとこだわりつづけてきました。『下山の思想』(幻冬舎新書)などという、もっともらしい文章を書いたこともあります。

なぜ下山に関心をもつのか。

それはたぶん、登山に対して下山というプロセスが、世間にひどく軽く見られているからかもしれません。軽視されているというより、ほとんど無視されているのです。登ることに対して、下りることは、後ろ向きの負け犬のように思われ、ほとんど問題外の考え方と受け止められてきたのではないでしょうか。それは、現在もそうでしょう。

上昇するということは、集中するということです。これまでこの国は、集中することで成長してきました。

戦後七十年、私たちは上をめざしてがんばってきました。上昇する。集中する。いわば登山することに全力をつくしてきました。

登山というのは、文字どおり、山の頂上をめざすことです。ルートは違っても、頂上は一つです。

しかし、考えてみると、登山という行為は、頂上をきわめただけで、完結するわけではありません。私たちは、めざす山頂に達すると、次は下りなければなりません。頂上をきわめた至福の時間に、永遠に留まってはいられないのですから。

登ったら下りる。つまり、非日常の世界から、日常の世界にもどるのです。これは、しごく当たり前のことです。登頂したあとは、麓《ふもと》をめざして下山するのです。

永遠につづく登山というものはありません。くり返しになりますが、登った山は下りなければなりません。

登山して下山する。それが山に登るということの総体です。厳密に言えば、登・下山と言うべきかもしれません。

この下山ということについて、あまり人は意識しないように思われます。しかし、山登りのベテランは、登山より下山に細心の注意をはらうといいます。怪我《けが》や遭難は、得てして、下山のときに起こりやすいともいわれています。ひざを痛めるのも、下りの道でのことが多い。

だから登山よりも、もっと慎重《しんちょう》に時間をかけて下山しなさいと忠告されます。実際には、登山という行為の、後半部分というか、しめにあたる重要な場面であるにもかかわらず、私たちは「下る」ということに対して、軽視の感覚がある。登ることについては熱中できても、下りること、下ることにはほとんど関心がない。それが私たちの普通の感覚です。

しかし、私はこの「下山」こそが、本当は登山のもっとも大事な局面であると思えてならないのです。

「登山」より「下山」が大事

最近の高齢者はみな元気です。往時《おうじ》を懐かしんで、山に登る。それはいいことです。スキーからスノーボードへの移り変わりと同じように、登山も、成熟した時代にはいってくいのかもしれません。それはそれでいいことだと私は思います。

高齢者たちが山に登るようになれば、ひょっとすると、登山の原初にあった何かがよみがえるかもしれません。自然への挑戦、自然の征服、といった攻撃的な登山ではなく、自然への畏怖《いふ》といった大事な感覚が復活してくる可能性もあります。

これまで、登山のオマケのように考えられていた下山のプロセスを、むしろ山に登ることのクライマックスとして、下山ということの意味が、新たに見直されるようになるかもしれません。

自分で痛感していることですが、とかく年寄りは転びやすい。登り道はそれほどではありませんが、下りるときは細心の注意を要します。「登山」より「下山」が大事と、いつのころからかそう思うようになったのは、年齢のせいもあります。時代のせいもあります。仕事の局面でもそうです。

登山が青春のカーニバルであった時代は過ぎ去りました。しかし、山頂をめざすという想いは、人間本来の根元的な希求でもある。プロの登山家はもちろん、アマチュアで山をめざす人びとは、これから先も永遠につきないでしょう。登山は人類の夢なのです。

しかし、登山ということが、山頂を征服する、挑戦する行為だとする考え方は、すでに変わりつつあるのではないでしょうか。登山と下山とを、同じように登山の本質と見なすのは当然のことです。そしていま、下山のほうに、登山よりさらに大きな関心が高まる時代にはいったように思われます。

安全に、しかも確実に下山する、というだけのことではありません。下山の中に、登山の本質を見いだそうということなのです。

下山の途中で、登山者は登山の努力と労苦を再評価するでしょう。下界を眺《なが》める余裕も生まれてくるでしょう。自分の一生の来《こ》し方行《かたゆ》く末《すえ》を、あれこれ思う余裕も出てくるでしょう。

寄りかからない覚悟

五十代からはじまる下り坂、そこを歩く心構えを教えてくれた一篇の詩があります。戦後を代表する詩人の一人、茨木《いばらぎ》のり子さんの作品です。

茨木さんの詩「わたしが一番きれいだったとき」（『茨木のり子詩集』谷川俊太郎選、岩波文庫所収）は、教科書にも採用されていたので、多くの人が読み、いまも記憶にあると思います。

「わたしが一番きれいだったとき」は、戦争によって青春を奪われたことの悔《くや》しさ、残酷《ざんこく》さ、空《むな》しさをうたった作品です。

わたしが一番きれいだったとき
まわりの人達が沢山《たくさん》死んだ
工場で　海で　名もない島で
わたしはおしゃれのきっかけを落してしまった

敗戦の街を、失恋とやり場のない苛立《いらだ》ちで歩き回った茨木さんは、こう決意します。

（…中略…）

だから決めた　できれば長生きすることに
年とってから凄《すご》く美しい絵を描いた
フランスのルオー爺《じい》さんのように
　　　　　　　　ね

私は茨木さんの詩を読むと、その凜《りん》とした、清々《すがすが》しい美しさに心洗われ、背筋が伸びる気がします。

長生きしようと決意した茨木さんが、七十三歳のときに、強烈なメッセージを発する詩を発表します。「倚《よ》りかからず」（『茨木のり子詩集』谷川俊太郎選、岩波文庫所収）という題の作品です。

倚りかからず

もはや
できあいの思想には倚りかかりたくない
もはや
できあいの宗教には倚りかかりたくない
もはや

できあいの学問には倚りかかりたくない
もはや
いかなる権威にも倚りかかりたくはない
ながく生きて
心底学んだのはそれぐらい
じぶんの耳目《じもく》
じぶんの二本足のみで立っていて
なに不都合《ふつごう》のことやある

倚りかかるとすれば
それは
椅子《いす》の背もたれだけ

詩集『倚りかからず』は、発表されると多くの人の共感を得て、詩集としては異例の売れ行きで、十五万部を記録したそうです。

「倚りかからず」は、一九九九年の作品で、そのとき、私は六十七歳で、茨木さんより少し年齢が下でしたが、彼女の言葉ひとつひとつに、深く感動を受けました。

六十七歳のときと言えば、それまでの無茶な生活のひずみが心身にあらわれてきて、絶不調でした。

その最中に、「もはやいかなる権威にも倚りかかりたくはない　ながく生きて心底学んだのはそれぐらい　じぶんの耳目　じぶんの二本足のみで立っていて　なに不都合のことやある　倚りかかるとすればそれは椅子の背もたれだけ」という言葉に出会い、枯《か》れかけていた自分の感性に水を注がれたような気持ちになりました。

いまでも「倚りかからず」という思いは、私の心の中に明確に生きています。

この倚りかからないという姿勢は、百歳人生を生きる上で、とても大切なことではないかと考えます。

考えてみると、私たちは無意識にいろいろなことに、寄りかかって生きてきていると思います。

たとえば、権威について。

この国に生きていて、一番の権威は国家の言質《げんち》ですが、それを鵜呑《うの》みにしてはいないか。

じつは、このことに対して、私は中学一年（十三歳）の朝鮮半島からの引き揚《あ》げ体験から学んだことがあります。国の言うことに従って生きていたら、大変なことになる。つまり国に寄りかかっていたら、生き延《の》びられないということでした。

当時、父が現地の師範《しはん》学校に奉職していたため、私は昭和二十年の夏を平壌《ピョンヤン》で迎えました。八月十五日、天皇の玉音《ぎょくおん》放送がある前から、現地の日本人社会の上層部の家族たちは、インサイダーのニュースとして、ポツダム宣言の受諾《じゅだく》を知っていたのでしょう。平壌駅は荷物を山積みして南下する家族でごったがえしていたといいます。

敗戦直後、現地の日本人の一般市民には、ラジオ放送でくり返し、お上《かみ》からの声が流されました。

「治安は維持される。一般人は軽挙妄動《けいきょもうどう》することなく現地に留まるように」

情報をもっている政府要人の家族や、利口なグループは、ここにいては危ないといち早く察知して、さっさと列車に乗って、ソウルの方に南下していきました。あとに取り残されたのは、政府の言うことに従っていれば間違いないと、愚直《ぐちょく》に信じたふつうの日本人だけです。

国家にひたすら寄りかかっていた私たちは、やがて侵攻してきたソ連軍にすべてを奪われて、難民となり、地獄の日々を体験したのです。私が、その体験からつくづく思うことは、国という権威は、何でもできるということです。

人間の命を、紙切れ一枚で戦地に引っ張り出すこともできるし、植民地に残された国民が、悲惨な状況に陥《おちい》ることが当然わかっていても、大丈夫だと言って放置する。

そして、私は、茨木さんが指摘するように、国に寄りかからないで、自分の感覚というか、勘《かん》をセンサーにして生きていく覚悟を決めました。むしろ指示される方向とは別な道はないかと、自分で考えるような癖《くせ》がついてしまいました。

いま、盛んに政府が「人生100年時代構想」の提言をしていますが、それを鵜呑みにして、踊らされるのではなく、「百歳人生」とは、自分の人生の幸せを構築するための、長いスパンを、天から与えられた一種のモラトリアム、と考えたほうがよいのではないかと思います。

五十代は、その大切な事はじめのときなのです。

第三章

六十代の再起動

群れから離れる覚悟

六十歳になると、五十代にイメージしていた老いの道が、おぼろげながら、目の前にあらわれてきます。老いの兆候《ちょうこう》を、体で感じるようになるからです。体調が、明らかに五十代までの感覚と異なることが多くなり、男女ともに、いわゆる更年期《こうねんき》の症状を訴える人が出てきます。

私はこの時期に、酒、タバコ、食事など、いままで体力にまかせ習慣的にやっていたこと、やらざるを得なかったことなどを、一度リセットしてみることをおすすめします。フリーズしたパソコンを再起動させるように、一度電源を落とし、ふたたびスイッチをオンにするのです。

第二章で述べたように、五十代で、老いの道の事はじめをしていれば、リセットして再起動する時期を、それなりの覚悟をもって受け入れ、充実して過ごすことができると思います。

私は『林住期《りんじゆうき》』という本の中で、これまでに肥大した人間関係や、あふれかえるモノを捨てることを提唱しました。にもかかわらず、私自身、いまもなお、資料として使う本の山や、書き損じた原稿用紙に埋もれた部屋で、日々を過ごしています。

明らかに十年前よりも、人生のゴールが近づいてきているので、このまま、埃《ほこり》まみれの本や書き損じの原稿用紙に埋もれて死を迎えるのか……と思うと、焦《あせ》りを覚えることがあります。しかし、身についてしまった「今日できることは、明日にのばす」という生き方は、歳《とし》をかさねてもなおりません。

しかし、人間関係は、少しずつスリムになってきています。

昔のように、旧《ふる》い人間関係が途切れた分だけ、等量の新しい関係が生まれるかといえば、年齢に反比例して、やはり少しずつ少なくなってきています。

そして、交流の密度が、昔にくらべて淡泊《たんぱく》になってきています。年齢《よわい》を重ねて、流れる水のごとく、淡々としている人間関係を築くすべを身につけたのかな、とも思います。

昔から心がけている、「仲間と一緒にいても、心は常に孤独な犀《さい》のごとく歩め」という気持ちが、強くなってきているのかもしれません。

人間は、本来孤独に弱い動物だと思います。人という字がお互いに支え合って表現されているといわれるように、だれかに寄りかかり、大勢で群れを作って生きて行くのが、自然といわれれば、そうなのかとも考えます。

しかし、仲間でも、家族でも、もしかしたら愛する人と一緒にいるときでさえ感じる、この息苦しさ、不安定さは何なのか。

その反対に、こんなことも考えます。

天地始原の空間にただ独《ひと》り、空を見上げて座っている独りぼっちの自分を想像すると、ある種、崇高《すうこう》な思いに駆《か》られるのはなぜか。

俗世間にありながら出家の心をもつ

『林住期』で提案したのは、自分がこれまで寄りかかっていたモノ、ヒトとの関係を、一度リセットするということでした。

アジア各地に伝わる仏教では、道を求める出家者という存在があります。俗世間の暮らしを放棄《ほうき》して、別のモラル、別の価値観で生きる生き方です。

結婚しない、子を作らない、労働に従事せず、国の法律ではなく戒律《かいりつ》にしたがう。生活の糧《かて》は、托鉢《たくはつ》と布施《ふせ》、つまり一般市民の喜捨《きしゃ》によって得るのです。

私も、出家者の、鋭いキリのように研《と》ぎすまされた、孤独な人生というものに憧れることはあります。でも、だれもがそうはなれない。抱えているものがあまりにも多く、しがらみにがんじがらめになってしまっています。

しかし、百歳人生を見据《みす》えての人生設計を考えた場合、俗世間にあって、出家者を、一つの手本として生きることはできます。

いま、ミニマリズムという名の、モノをほんの少ししかもたないで生活する考えが、広く支持されています。モノを減らし、さまざまな雑事を究極までそぎ落とし、スリムな生活をめざすこと。これは案外、だれでもできる「行」なのかもしれません。

まずは手はじめに、独りになることをしてみるのはいかがでしょうか。

くり返しますが、人間は本来、群れをなして生きる存在です。夫婦、親子、家庭、地域、同窓会、もろもろの人間関係が周囲にひしめいています。

『林住期』で紹介した、ある人の言葉を思い出します。

「人生に必要な物は、実に驚くほど少ない。一人の友と一冊の本と、一つの思い出があれば、それでいい」

私の場合なら、一匹のイヌを付け加えたいところです。

あえて迷える子羊になる

私たちは、いろいろな関係性を「絆《きずな》」といって、とても大切にして生きてきました。絆がなければ生きていけない、というような刷りこみもあります。

キリスト教でも、「迷える子羊」といって、群れから離れてしまう子羊を案じています。羊飼いは、百匹の子羊の群れから一匹が離れたら、九十九匹をその場において、一匹を探しに行くといいます。

私はあえて、その考え自体をリセットしてみたらどうかと提案したいのです。百匹の群れの中で自分を殺して、他の九十九匹に同化するのではなく、この宇宙の中に、たった一匹で生きているかのように、他の羊に依存せず生きていけないものかと考えるのです。

また、一人の友があればいいと言われて、その友とお互いに寄りかかるように生きて行くのは考えものです。共依存《きょういぞん》といって、知らず知らずに、自分の心が相手に浸食され、また自分も相手を縛《しば》るようになり、二人で蛸壺《たこつぼ》にはいってしまうような感覚になるというのです。

人間は自由に、自分のやりたいことをするために生まれてきたといいます。であるならば、ある時点で、自分のキャリアや功績、過去の栄光などすべてをリセットすることも、とても大切なことだと思います。

脳活とか、認知症予防によいからといって、高齢者はできるだけ人と接しなければいけない、一日三人と話をしようといわれていますが、私はその考え方に疑問をもっています。

歳《とし》をかさねたら、何も積極的に社交をしなくてもいいのではないでしょうか。社交的付きあいを、無理しながらつづけるほうが、心に弊害《へいがい》があると思います。付きあいが多いと、ついつい、自分と他人をくらべるという傾向になります。

相手の過去が気になり、肩書きを聞きたくなる。この人はどこの学校を出ているのか、会社ではどこまで出世したのか……などなど、死ぬ間際《まぎわ》まで気になって仕方がない人もいるようです。肩書きや家柄《いえがら》や人脈などが気になるのは、仕事や組織での利害が生じる人間関係があるからです。

今日会って、もう二度と会わないかもしれない、一期《いちご》一会《いちえ》の関係ならば、相手のバックグラウンドなどに興味を抱かないと思うのです。

一度、独《ひと》りになって、自由に、自分の行く末を、そして世界を眺《なが》めなおして見ると、これまで気づかなかった人生の楽しみが、必ず目にはいってくるように思います。くどいようですが、それも下山の愉《たの》しみのひとつになるのではないでしょうか。

孤独の中で見えてくるもの

先ごろ『孤独のすすめ』(中公ラクレ)という本を書きました。思いのほか共感してくださる方も多くて、私自身驚いています。たくさんの反響もいただきました。

この本を書きながら、つくづく感じたことは、私たちの社会は、一般的に孤独は悪いことだという、固定観念で動いているということでした。

世の中は、人は独《ひと》りでは生きられない、歳《とし》をとったら、何かしら無理をしてでも、社会的活動に参加をしようというのが風潮です。とりわけ、高齢者にとって大切なものは、「キョウイク」と「キョウヨウ」だというのです。

その意味を聞いて、戸惑《とまど》いを覚えました。

「キョウイク」とは、「今日、行くところ」。

「キョウヨウ」とは、「今日、用事がある」ということ。

つまり、今日行くところがあって、今日しなければならない用事があることが、心身の健康の秘訣《ひけつ》だというわけです。だから、風邪《かぜ》をひいても、足が痛くても、朝六時半には、近くの神社でやるラジオ体操に行くのだと、八十代の女性は話していました。

家の中で、テレビを見たり、本を読んだりして過ごすのは、引きこもりや、老人性ウツ症状ではないかと疑われるともいいます。まるで、老人よ、書を捨て、町に出よう……というキャンペーンのようです。

二〇一六年あたりに、大ブームになったポケモンGO。あれも当初は、引きこもりの青少年やお年寄りを街に引っ張り出すための、ひとつのツールとして大変もてはやされました。

しかし、いま、あのブームはどうしたのでしょうか。

じっくりと孤独を楽しむために

私は、ブームや社会の風潮に踊らされて、高齢者が強制外出させられるよりも、少しでも自分の内面と向きあう「孤独」を味わったらどうかと提案したいのです。逆説的な、引きこもりのすすめです。

私は小さいころから、群れるのが苦手《にがて》でしたが、それはたぶんに、私の生い立ちの影響だと思います。第二章でも取り上げた戦時中の話です。

昭和七年に生まれ、生後まもなく教師の父の赴任《ふにん》にともない、朝鮮半島に渡りました。当時の朝鮮半島は、日本の植民地で、私は宗主国の末端の支配者層として、子供時代を過ごしたわけです。

そこは、地方の小さな寒村でした。冬は零下二十度とか二十五度に気温が下がり、夜中はヌクテという野生動物の遠吠《とおぼ》えが、闇の中に響く淋《さび》しい場所でした。日本人は、私たち一家と駐在の巡査一家だけです。

村の小学校に通っても、現地の子供たちとのあいだには、見えない壁があり、無邪《むじゃ》気《き》に遊んだという記憶はありません。

そのころから、父が管理していた学校の図書館の本を読み耽《ふけ》ることが、唯一の楽しみでした。その体験の中で、私は孤独に対する耐性と、そこに潜《ひそ》むある快感を味わったように思います。

その複雑な感情をかかえて、私はその後の人生を歩み、今日に至ったと言えるのかもしれません。

いま、百歳人生に照らして、自分の人生をかえりみると、前半の五十年では、孤独であることのデメリットはあったかもしれませんが、後半の三十五年を思い返すと、何のデメリットもなかったように思います。

私が生きてきた八十五年にくらべれば、これからの時代は、ＩＴの発達により、大きく変化してゆくでしょう。若者ばかりか、年配者でも、多様な生き方ができる時代に向かっている。楽観視はできませんが、引きこもりでも、孤独でも、ひとつ何かの技術をもっていれば、食べていける時代になるのではないでしょうか。

じっくり孤独を楽しむには、よい時代にさしかかったのかもしれません。何も、無理をして孤独にならなければいけない、というわけではありません。

しかし、「人は孤独では生きていけない」と強迫観念に駆られて、無理して人の輪の中にはいっていく必要もないのではないか……そう思うのです。

要するに、自分の居心地《いごこち》の問題なのです。独りでいることが苦痛でなく、居心地がよければ、雑音を恐れずにそうすればいいし、やはり人との絆がほしいと熱望すれば、積極的につながればいいと考えているのです。

六十代は「あきらかに究める」とき

私は四十歳から五十歳あたりまで、じつに体調が悪かった。五十歳になろうとするころ「休筆」という、一種の敵前逃亡を試みました。マスコミという戦場から、数年間ドロップアウトしたのです。

そのことが、結果的に心にも体にも、とても良かったような気がしています。そして五十代から現在までの三十五年間、私はほとんど大病をすることなく暮らすことができました。

そのことを、いつも心の中で感謝しない日はありません。

このあと、どんな老化現象や病気が待ち受けているか、考えれば考えるほど不安だらけです。もし、病院に行って検査を受けたら、即入院ということもありうると覚悟しています。

病も、死も、吉田兼好《よしだけんこう》が言うように、

「前よりしもきたらず。かねてうしろに迫れり」

が真実なのです。

私が五十代から六十代のあいだに、自覚的に行ったことのひとつは、体調を整える、ということでした。一種の養生です。それだけでも丹念《たんねん》にやれば、こんなにおもしろいことはありません。

クルマの運転よりも、メンテナンスのほうが好きだ、という友人がいます。その気持ちがわからないでもありません。

私は六十歳でクルマの運転をやめました。それはとてもつらいことでした。しかし、自分の運動神経や反射神経の衰えを「あきらかに究めた」（私は、諦《あきら》めるの意味を、そう解釈していますが）結果、ハンドルを握ることを断念したのです。

一例をあげると、あるとき新幹線の「のぞみ」や「ひかり」に乗っていて、通過する駅名の表示が読めなくなったと感じました。

クルマの運転には、身体能力の中でも、とくに動いている物を瞬間的に視覚認知する、動体視力がとても大事です。以前は、二百キロで走っている新幹線の車中からでも、ぴたりと駅名が読めたものでした。

あるときから、クルマを運転していて、いつも走る横羽線の高速カーブを曲がるときに、なぜか狙ったラインどおりにトレースできないことが多くなってきました。これは、見た物の遠近感や立体感を、正しく認識する能力が低下してきた証拠です。

運転はやめよう、とある晩、思いました。

その後、ある時期まで、運転しなくなったクルマのボンネットを上げて、エンジン回りをいじったり、タイヤの圧を調整したりしていたことがありました。ハンドルは握らなくても、そのことだけでも、少しは心が落ち着き、クルマを運転していたころの爽快感《そうかい》を味わっていたのです。

いまでもときおり、無性《むしょう》にボンネットを開けたくなるときがありますが。

「身体語」をマスターしよう

体調に注意することも、それとよく似ているように思います。

体は、つねに言葉にならない内側からのメッセージを送ってきます。その信号を、私は「身体語」と呼んでいます。

私はこの歳《とし》まで、ついに英会話をマスターできませんでしたが、「身体語」はよくわかるようになりました。体が発する言葉に耳を傾け、ときには短い会話をします。

気圧が急に下がりかけたり、体の各部に無理がきたりすると、体はいろんな表現でぶつぶつ言います。その声に耳を傾け、素直に直感に従います。

「きょうは一日、食べないほうがいい」

とか、

「呼吸が乱れているよ」

とか、

「少し温度が下がり過ぎてるね」

とか、いろんなことを言ってくるのです。その言葉を、頭で否定してはいけません。素直に従うことが大事です。

その声に従っていると、思いがけないご褒美《ほうび》をもらうことがあります。体の不調の原因がわかり、それをどうしたらよいかという対処法が、自ずとわかってくるのです。

たとえば、手がしびれていたときのことです。普通は、しびれていたところを温めたり、なでたり、さすったりするのですが、体は、そこが原因じゃないよ、もっと他のところだよ、と教えてくれました。

その声に従って、胃のあたりを押さえたら、凝《こ》って固くなっていました。そこを静かにさすっていたら、しびれが収まってきたことがありました。そのときは、ストレスが胃にきて、それが指のしびれの原因になっていたようです。しかも、いつもそれでうまくいくとはかぎらない点がおもしろいところなのです。

身体語を自主トレしていて、わかったことがあります。体は常に変化しているということです。

ゆがんだり、痛くなったり、凝ったり、順調と不調のあいだを揺れながら行き来することが、生きているということです。もし、一点にとどまって、固まってしまうのならば、それは生きているとは言えないでしょう。

気圧や、人間関係のささいな変化で、揺れ動くのが人間の生命であり、その変化にうまく対処できるヒントを、身体語が教えてくれているように思います。

フレイルを恐れない

フレイルという言葉が、近ごろやたらに新聞雑誌の紙面で取り上げられています。老人になり、筋肉や肉体の運動機能が衰えて、ふらふらする状態をさすそうです。

フレイルとは英語のFRAILTY（もろさ、はかなさ）をもとに作られた医学造語で、いままで老衰とか老化という言葉で言われていた現象をさします。

老化、老衰というと、年とともに悪化の一途《いっと》をたどり、決してよくならないという絶望的なイメージがあるとともに、ある種の諦め感に襲われます。

しかし、このフレイルという呼び方には、その語感に、揺れて、小刻みに動いているような響きがあり、場合によっては、少しは改善されるのではないかという、心理的な光が心にさしてきます。

百歳人生後半の下山のプロセスも、身体的には、すべてが一直線に死に向かって下りていく道ではありません。

あるときは平坦な道であったり、またあるときは上り坂であったりします。

八十五歳を迎えた、私自身の体調もまた、日替わり、時間替わりで変化します。現在、目下の憂鬱《ゆううつ》の原因は、ひざの痛みですが、日によっては、痛みがほとんどなく、あの激痛は何だったのだろうか、と考えてしまうときもあります。

そして、もう治ったのかと安心していると、急に、次の一歩が出せないくらいの痛みにおそわれる。

ひざの痛みだけでなく、心身の衰えは、小さなアップダウンとフラットな曲線をたどりながら、確実に下っていく感覚として伝わってきます。

私のフィジカル面での問題は、ここ五、六年で、関節や体中のありとあらゆる筋肉が固くなってしまったことにあるようです。

立ち上がるときに、ヨイショと、自分の体に声をかけ、

「さあ、立つんだから、力を入れてくれ」

と、号令というか、哀願をして行動します。

いざ歩き出しても、昔のようにまっすぐ中心線を保って歩けない。やはりふらふらします。小さな突起物にも、足をとられて転びそうになります。

視力も視野も、確実に衰えてきていることを感じます。

また、敏捷《びんしょう》性も著《いちじる》しく低下しました。

危険なのは、タクシーを止めたりするときです。タクシーにあまり近づき過ぎると、幅寄せをしてくるタクシーとの距離感覚がうまくとれなくて、ぶつかりそうになることがあります。

以前には、とっさに身を引いて、開くドアを避けることが容易にできたのですが、いまはもたもたしてしまって、ぶつかりそうになる。これには、いつもすごく気をつけるようにしています。

歯にしても、年々減ってきています。

友人が七十歳を超えたころ、次から次へと歯が悪くなったので、かかりつけの歯医者さんに行き、

「一本治したと思ったら、また次の歯が悪くなった。治療の仕方が悪いんじゃないですか」

と、旧知のよしみで言ったところ、

「だいたい、人間の体は、五十歳までは元気に動くようにできている。歯もそれに合

わせて、五十年くらいしかもつようにできていない。それ以後、故障が出るのは、当たり前だ」

と言われたそうです。

肉体の衰えは、歳《とし》をかさねれば、万人にやってくるものです。

日常の立ち居ふるまいすべてをひっくるめて、何でこんなに不自由になったんだろうと感じることは、山のようにあります。

親鸞《しんらん》のように、比叡山開闢《ひえいざんかいびゃく》以来の神童と言われた人物でさえ、八十歳を過ぎてから「字も忘れ候《そうろう》」というような嘆《なげ》きをつぶやいています。

あれだけ博学で記憶力抜群だった人物が、いろいろな固有名詞や字を忘れ、それを嘆いていたと思うと、親鸞のような超人でさえ、老化は免れなかったのだと、私たち凡人は少し安心します。

私たちは退化していく肉体をまとって、この世界に生きていくことを、まず認めることからはじめなければなりません。

それも、百歳人生であれば、自分が想像する以上に、長い期間をです！

この肉体の衰えを、老衰と言うか、フレイルと呼ぶか——結局同じではないか、と言われればそれまでですが、先にも言いましたが、フレイルという呼び方には、何か希望や救いが感じられるから不思議です。

私はこのフレイルと、自分なりの方法で付きあってきました。それを養生と呼び、私なりの実践方法を紹介した『養生の実技』（角川ｏｎｅテーマ21）という本も出版したこともあります。

養生とは、

「生を養うこと」——。

中国では、古来、人間には、先天《せんてん》の気と、後天《こうてん》の気があるという考えがあるという。先天の気というのは、その人間がもって生まれた命の源のようなもので、後天の気というのは、人間として、この世に生を受け、成長していく過程で、食物、環境、運動などによって、養われていくエネルギーをさすようです。

その二つの力によって、人は生きていて、そのエネルギーがなくなるときが、死ぬときだというのです。

ですから、元気で丈夫な日々をかさねるためには、「生を養う」養生が欠かせません。生きているうえで起こるさまざまな出来事で、消耗《しょうもう》していく気を補っていく必要があるというのです。

石田《いしだ》三成《みつなり》ではありませんが、たとえ明日死ぬとわかっていても、するのが養生です。

呼吸は養生の基本

私は、この養生の基本は、呼吸法と食べることにあると思っています。

息、すなわち呼吸が、生命活動の根幹であることには、だれも異論のないところでしょう。「生きる」とは、「息をする」ということで、イノチというのは、息の道と解釈した学者がいます。

生きることをやめる、すなわち「死ぬ」ことを、「息絶える」といいます。「イキイキ」という表現も、息と関係がないわけではありません。

食べること、すなわち食事を一週間とらなくても、人間は死にません。三日、水を飲まなくても何とかなります。

しかし、三十分間呼吸を止めただけでも、人は死にます。いえ、十分でもふつうの人なら失神するでしょう。

人間の生命活動で、もっとも重要な自律神経の仕事のひとつとは、呼吸をするということです。私たちが、起きて働いているときはもちろん、遊んでいても、休息していても、眠っていても、呼吸は休みません。一生、人間は息をして過ごし、息が止まったときに死にます。

こう考えてみると、自分の生存にかかわることの土台は、呼吸であるということが、否応《いやおう》なしに感じられてくるはずです。

健康雑誌を開くと、一日十二品目食べろ、ウォーキングが体にいい、サプリメントを摂取《せっしゅ》せよ、年に二回は検診を受けろ、コレステロールを減らせとか、いろんなことが書かれています。

しかし、根本の呼吸法が理解できていなければ、これらすべてを試したところで、まったく意味がないと、私は体験的に感じています。

もちろん、人間の生命活動は複雑です。何か一つのことだけに留意《りゅうい》しておけば大丈夫、などということはありません。栄養も大事、運動も必要、生活習慣にも気をつけなければならないのは、当然のことです。

しかし、その上で、あえて健康な生命活動を保つ健康法に順位をつけるとしたら、トップにくるのは、なんといっても呼吸法ではないでしょうか。

マインドフルネス瞑想とブッダの教え

最近、世界の注目を集めている呼吸法があります。

「マインドフルネス瞑想《めいそう》」というもので、ベトナム人僧侶のティク・ナット・ハンが提唱した、ブッダの呼吸法だそうです。究極の悟りを得るという、ヴィパッサナー瞑想から考え出されたもののようです。

ＩＴの最先端企業のグーグルが、社内でこの瞑想法を取り入れたことで、一躍有名になったそうです。

マインドフルネス瞑想とは、自分の吐く息、吸う息に集中して、そのこと以外に頭を働かせないようにする方法です。ＩＴ業界の第一線で働き、絶えず強いストレスにさらされているグーグル社員たちの、心身をリフレッシュさせようと試みられたそうです。

瞑想ルームを作り、一日のある決まった時間に、瞑想することをすすめたところ、社員のあいだで、ストレスが大幅に軽くなった、心の平安がもてるようになった、集中力がついて仕事の効率もアップしたと評判を呼び、インターネットを介してまたたくまに世界中に広まったと言われています。

ブッダが教えた呼吸法の源泉は、『アーナパーナ・サティ・スートラ』という、パーリ語で書かれた経典で（『アーナパーナ・サティ・スートラ』とは、「呼吸について心がけること」という意味です)、それが中国にはいって『大安般守意経』と訳されました。

「ダイアンパンシュイキョウ」などというと、とても難解なことが書いてある経典に思えますが、内容は、とてもシンプルで理解しやすいものです。

「息を吸うときには、息を吸っている自分に気づこう(意識を集中させよう)。吐いているときには、吐いている自分に気づこう。歓《よろこ》びを感じながら息をしよう。心を感じつつ心を静めて呼吸しよう。心を安定させ、心を自由にとき放つように息をしよう。そして、無常さを感じ、生の消滅を感じ、自己を手放すことを意識しよう」

要約すれば、これが悟りを得るための、ブッダの呼吸法と瞑想法の教えです。

具体的には、鼻を使って吐く息を長く、吸う息を吐く息よりも短く行うだけのものです。いま自分の鼻から出ていく息を静かに感じること。次に静かに鼻腔《びこう》を通してはいってくる息に気づくこと、ただこれだけに集中して行うだけです。

テレビの取材で、仏教の伝わった道をたどって東南アジアを旅したときのことです。

テーラワーダという、上座部《じょうざぶ》仏教《ぶっきょう》のお寺で、よくお坊さんが言っていたのが、「サティ」という言葉です。「サティ」とは、パーリ語で「気づく」という意味です。日常の細々《こまごま》としたことから、仏教の修行についてまで、この「サティ」という言葉を、くり返し使いながら教えていました。

その、なんともおだやかな語感が気に入って、私もいっとき、「サティ」「サティ」と言いながら、息に心を配っていた時期があります。そのとき感じたことは、息の精妙な動きに気づくと、とても気分がおだやかになり、日常の雑事から一瞬、身を隠せるような気分を味わえるということでした。

ある聖者は、「吸う息は贈り物、吐く息は捧げ物」と言ったそうです。つまり、はいってくる息は、神または宇宙からのギフトであり、出す息は、自分から神や宇宙への捧げ物――そう感じると、味気ないほどシンプルな呼吸という営みが、大いなる宇宙の力とつながっているような気がしてきます。

このような単純な呼吸法に集中することが、肉体の不調を整える作用があることを、私は体験しています。だから、フレイルを感じたら、まず呼吸法に戻れと、自分を戒《いまし》めています。

介護世代——どこまでつくせばいいのか

ここまで、私自身の経験から、いくつか六十代の人生の対処法を紹介してきましたが、社会的にもまだ現役の六十代にとって、「介護」の問題は避けて通れない課題です。

自分が介護される可能性はまだ低いでしょうが、親や、場合によっては配偶者が、介護を必要とする状態になり、突然、介護をになう当事者になる可能性がとても多いのです。

ある打ち合わせのとき、長いこと私の担当をしてくれていた編集者が、めずらしく少し時間に遅れ、疲れ切った顔で駆《か》けこんできました。いつも身だしなみに気を使う彼が、ヨレヨレのブレザーと、ボサボサの髪で、寝起きのような形相でやってきたのです。聞けば、最近地方に住む両親に認知症の症状が出てきてしまったとのこと。それで、ひとりっ子の彼と彼の奥さんが、介護をすることになったそうです。

この日も、両親の家から出てきたそうで、新幹線が遅れてしまい、道中気のもみどおしだったといいます。

「介護離職する人の心境、よくわかりましたよ。ここで会社を辞めたら、今度は自分たちの生活がたちゆかなくなるのは、わかっているんですが、追いつめられると、冷静な判断ができなくなり、何とかこの、両方中途半端《ちゅうとはんぱ》な生活から抜け出したいと考えちゃうんです」

と溜息《ためいき》をついていました。私は、彼の仕事熱心で、とことんやらなければ気が済まない、まじめな性格を知っているので、その苦悩がよくわかります。彼だけでなく、周囲には、親の介護で苦しんだり、悩んでいる人が多くなってきました。

厚生労働省の調査によると、介護者の年齢は、六十代が三十一パーセント、七十代が二十五パーセント、八十代以上が十三パーセントと、じつに介護者の七十パーセントほどが、六十代以上だというのです。まさに老老介護の現実が、どんどん広がりつつあることがわかります。

私は若いころに両親を亡くしました。そのころは、ご両親や親類縁者に囲まれて、安心して気楽に生きているように見える友人たちを、うらやましいと思いましたが、いまは複雑な気持ちです。

自分には、親の介護という仕事はないけれど、彼らには、長く太い縁で結ばれた親の、老いていく過程を、全身で支えなければならないという重い役割があるのだろうな……と。

前に紹介した『未来の年表』という本の中で、著者・河合雅司《かわいまさし》さんは、二〇二一年には、介護離職が大量発生するとしています。

これは団塊《だんかい》世代が七十五歳を超え、要介護認定を受ける人の数が、圧倒的に増えると推測されるからです。そうなると、介護保険財政が悪化します。政府もそれを見越し、制度を大幅に見直し、自己負担額を引き上げたり、介護政策も「施設」から「在宅」へと移行していく方針を打ち出しました。そこで問題になるのが、介護サービスを受けられない「介護難民」が大量に出現することです。

施設にもはいれない、在宅でもヘルパーなどの十分なサービスが受けられない。そうなると親の介護は、すべて子供がみることになります。その人たちが、団塊ジュニアという、人口ボリュームが大きい層なのです。

五十代にさしかかった彼らは、会社では働き盛りの大黒柱《だいこくばしら》であり、家では介護の責任者となるわけです。私の担当編集者のように、大きな荷物を二つ背中にしょって、生きていかなければならないのです。

前に言ったように、私は両親を早く亡くしているので、幸か不幸か、介護の経験がありません。また現在、介護を受けずに生活できるので、どうしても、視点が老人を介護する側になり、若い世代に同情的になってしまいます。

ある時期、私の周囲の人たちが、親の介護で心身をすり減らし、壊れかけている例をいくつか見たため、「子供は親の介護をしてはいけない」という法律を作るべきだなどと、暴言を吐き、顰蹙《ひんしゅく》を買ったことがあります。

それにしても、自分の生活を、自分の精神を、肉体を壊してまで、他者につくすことは、果たして正しいことなのだろうか。

自利利他《じりりた》という、仏教の考えがあります。これは、自分を捧げつくしてまで、他人を利するものではない、という意味です。たしかに、それでは「自死利他」になってしまう可能性があります。

百歳人生において、この介護の問題は、容赦なくやってきます。厚労省の統計から推測すれば、六十代は、介護の担い手として、中心的役割を背負わなければならない世代に当たります。

仕事か介護か。そういうシビアな選択を迫られたとき、どんな下山の道のりを歩めばいいか。しかも、「介護難民」という立場に追いこまれているとすれば、選択の幅は、自ずと狭くならざるをえません。

そのとき、どんな選択をするにせよ、仏教の「自利利他」の精神は、私には、微《かす》かながら、救いの手をさしのべてくれるような気がするのです。

第四章

七十代の黄金期

大人の黄金期とは

七十代を、どう過ごせばいいのか。

七十歳は古希《こき》に当たります。その古来稀《こらいまれ》、といわれた長寿への領域に、いよいよ足を踏み入れるわけです。

七十代になると、急に心身の衰えを感じるようになり、どっと老けこんでしまったという人がいます。

しかし一方で、五十代からはじまり、六十代でどうしようもないほど苦しんだ心身の不調が、少しずつ収まってきて、元気になったという人もいます。私自身がそうでした。

六十代にも増して、若いときと同じような生命の躍動感を覚え、ふたたび楽しい時間を過ごせるようになる、そんな感想も耳にします。こういう人たちにとって、七十代は、大人の黄金期といえます。

ホリスティック医学界のリーダー、帯津三敬病院・名誉院長の帯津良一《おびつりょういち》さんは、そのよい例だと思います。

帯津さんとの付きあいは、もうかれこれ十年以上になります。健康に関するいくつかの素朴な疑問を、私が帯津さんにぶつける形で、『健康問答』（平凡社）という対談本を作ったことがきっかけです。

以来、講演に呼んでいただいたり、著書をいただいたりと、親しくお付きあいしていますが、最近八十歳になられたばかりの帯津さんのご本を拝読して感じることは、年々、若くエネルギッシュになっておられるということです。

健康法の「朝の気功と夜の酒」がよいのか、そのお年になって、睡眠時間三～四時間でもすこぶる健康だとか。

とくに目を引くのが、数年前までの七十代のころのご著書で、中に「ときめき」や「恋心」など、青年のような言葉があふれていることです。お若いころから、哲学者ベルクソンの提唱する「エラン・ヴィタール」とか「生命の躍動」という言葉に共感している、いかにも帯津さんらしい感情表現だと思いました。

六十代から、急に女性にもてはじめたとおっしゃる帯津さんにとって、七十代はまさに黄金期ではなかったかと思います。

ところで、私は「エラン・ヴィタール」に憧れると同時に、生命の収縮という意味合いの「フラン・ヴィタール」という言葉にもひかれていました。

「フラン・ヴィタール」とは、アメリカの批評家、アーヴィング・バビットが「エラン・ヴィタール」に対抗して作った言葉です。私が学生のころ、作家の花田《はなだ》清輝《きよてる》が紹介して一躍有名になりました。

いま、老いという言葉を何歳から使ったらいいか、私は非常に悩んでいます。

七十歳といえば、古来稀《まれ》なる年齢なのだから、「老人」といってよいのでしょうが、当事者たちは、一向にその自覚はありません。それどころか、老いの気配すら感じさせず、美魔女とか、熟女といった、独特の魅力を放っている女性たちも多いのです。

そういう七十代を見ていると、ギリシャ語の「アクメ」という言葉を思い出します。

アクメというと、セックスの快感に身をゆだねて、それに歓喜する表現を思いうかべて、エロティックな感じがしますが、本来は、「人生の黄金期」という意味です。百歳人生の後半五十年において、七十代は、まさに「人生の黄金期」といえるのではないでしょうか。あるいは、再来の青春といっていいのかもしれません。

七十の手習い

七十歳を迎えると、多くの人は現役から退きます。しかし最近、サラリーマンの六十歳定年が延長される傾向にあり、ごく稀《まれ》ですが、本人の気力、体力が充実していれば、もっと長く勤められる企業も出てきているようです。

これまでの常識では、七十代は、本格的な老いの道に分け入る年代でした。現役を引退し、昔風に言えば、好々爺《こうこうや》とかご隠居《いんきょ》といった身分への転身です。自由な時間もたっぷりあって、すすんで孫の面倒をみ、庭の盆栽《ぼんさい》にハサミを入れる老人の姿がイメージされます。

しかし、最近の七十代のイメージは、こういう牧歌的で、スタティックなイメージとはまるで違っています。孫の面倒をみるどころかよく外出し、お洒落《しゃれ》をして街を闊歩《かっぽ》し、喫茶店で若い女性とデートを楽しんでいる姿も見かけます。

女性のほうが、これに輪をかけたようにもっと活動的で、その象徴的な存在が、前にお話しした、すでに八十代になられた岸恵子《きしけいこ》さんではないでしょうか。

たしかに街歩きも、恋愛も、七十代の心身の健康法には欠かせないものでしょう。しかしここで、この元気な、七十代の「新老人」たちに私がおすすめしたいのは、脳の健康法なのです。すなわち、再学問のすすめです。

少し前、コメディアンの萩本欽一《はぎもときんいち》さんが、七十三歳で大学に入学したことが話題になりましたが、私は、五十代のとき大学に再入学しました。その経験から考えても、年をとってから学ぶおもしろさは、格別なものがあることをお話ししましょう。

じつは私は、子供のころから勉強が嫌いでした。

正直に言うと、中学、高校と、勉強をさぼって、適当にごまかして過ごしてきました。本を読むのは大好きでしたが、学ぶという熱意には欠けていたように思います。だから受験勉強も、いやいや仕方なくやりました。

それでもどうにか、早稲田《わせだ》の露文科に滑《すべ》りこむことができました。しかし、授業料から生活費まですべて、自分でまかなわなければならない若者にとって、大学生活は、授業よりもアルバイトで稼ぐ日々がほとんどでした。たまに教室に顔を出すと、仲間に珍《めずら》しがられたものでした。

そんな学生でしたから、教授が休みで授業がないときは、本当に嬉《うれ》しかったものです。

「休講だ。バンザイ!」

と、大声で叫んだりもしました。

物事を学ぶとか、学問を教わるということのおもしろさが、まったくわかっていなかったのです。

ところが五十歳になるかならないころ、ひょんなことから、京都のある大学に通うことになりました。まあ、ご縁があって、としか言いようがない。聴講生というかたちでしたが、一応、学生として教室に顔を出すことになったのです。

最初は、なんとなく居心地《いごこち》が悪かったのです。なにしろ親子ほども年の離れた若者たちの中に、もはや初老にさしかかろうという男が加わるのですから。学生たちのほうでも、さぞかし目障《めざわ》りだったに違いありません。

「やあ、どうも」

とか、挨拶《あいさつ》したりはしますが、それ以上、会話がはずむということにはなりませんでした。

しかし、最初の授業がはじまったときは、なんだかすごく新鮮な感じでした。胸がときめくようで、ああ、授業を受けるということは、こんなに楽しいことだったのかと感動した記憶があります。

そのうち、若い学生とも少しずつなじんできて、ときには大学の近くの食堂で昼飯をおごらされたようなこともありました。

こぢんまりした教室で、窓から透明な秋の陽がさしこんでくる。テキストの『十牛図』の上に顔を埋めて、居眠りをしている学生もいる。チョークの白い粉が、ふわふわと教室内を漂っている。

先生の話も、すごくよく頭にはいる。ものを学ぶということは、こんなにおもしろいものかと、ようやく気づいたのです。休講になったりすると、本気で腹を立てたものでした。

勉強するということが、どんなにおもしろいかということに、どうして早く気づかなかったのだろうと、残念に思ったものです。

しかし、それは歳《とし》をとって学ぶから、おもしろくてたまらないのでしょう。要するに、若いときにはわからないことが、たくさんあるということです。

もちろん、世の中には早熟な天才も少なくありません。子供のころから、学ぶおもしろさに目覚めた人もいるでしょう。

でも一般に、若いころはもっと違った方向に興味が向いています。教室にいても、可愛い女子大生のことばかり気になったりもします。三十分もじっと座って話を聞いていると、大声で叫びたくなってきます。

まして昔の大学の講義というやつは、先生が勝手にしゃべって、学生は黙々とノートにそれを写すという、じつに無味乾燥な授業もたくさんありました。

そういう勉強は、いくつになってもおもしろいわけがありません。

学びの楽しさに目覚める

京都の大学の聴講生になる少し前に、横浜で新聞社のカルチュア・センターをのぞいてみたことがありました。

たしか「ハラッパン・カルチュア」とかいう、古代インダス文明の講義でしたが、これがとてもおもしろかったのです。生徒数が少ないのがいいし、先生も受講者が主婦や中高年ばかりなので、リラックスして気楽にしゃべっているんです。嚙《か》んで含めるように、親切に教えてくれるのでありがたいわけです。

「大学でこういうことを言ったりすると、先輩の大先生に叱《しか》られそうですが、本当のところはですね……」

などと、内輪《うちわ》の話なども出てきたりするのです。

専門の学者になるのは別として、勉強のおもしろさを味わうつもりなら、歳《とし》をとってから再度トライしたほうが絶対にいいのです。

若いころは古典を読んでも、ほとんど実感がともなわなかったように思います。一応、なるほどと感心はしますが、腹の底から、うーむ、と納得できるのは、やはり六十歳を過ぎて、さらに世間から自由になれる、七十代からかもしれません。

「もの言はぬは腹ふくるるわざ」

などという文句も、意味は理解できても、それだけのことでした。

「いやー、ほんとにそうだよなあ」

と、つくづく共感するのは、ある程度、人生経験を積んで、歳をとってからのことです。

歳をとることはおもしろいというのは、そういうことです。瑞々《みずみず》しい情感が失われてくる代わりに、以前は見えていなかったことが、見えるようになるのです。頭でわかったつもりでいたことが、ぜんぜん違う角度から実感できるようになってきます。

学ぶことのおもしろさに目が覚めることも、歳をとる効用の一つでしょう。

七十歳からでも遅くはありません。七十歳になって大学に顔を出す、などというのも悪くはない老後の楽しみです。

それは純粋に自分のための楽しみです。社会に貢献するわけでもなく、世のため人のためでもありません。

新しいことにチャレンジする

学校に行って、ふたたび学ぶということだけではなく、この第二の黄金期に思い切って、何か新しいチャレンジを試みるのもいいと思います。

私は七十代はじめに、ある企画を相談されました。

「五木さんが何か感じられるお寺を、いくつか巡《めぐ》ってみませんか」

「いくつかじゃつまらない。いっそ百寺にしたらどうですか」

「え！　冗談でしょう」

「いや、できるかもしれないよ」

直感的におもしろい……と感じたのです。

かねがね、日本人の心の源泉とは何かと考えていたので、古寺、名刹《めいさつ》に、いまも生きつづける不思議なエネルギーを体感してみたい、それが「百寺巡礼《ひゃくじじゅんれい》」のはじまりでした。

寺の庭に立ち、堂宇《どうう》の中にはいり、仏像と対面する。そこにはきっと、日本人の精神や生命に、脈々と流れる魂の原型があるに違いない。それに触れることができるのではないかと思ったのです。

と同時に、これは大変な仕事だ、とひるむ気持ちも起こりました。TVのロケに行き、帰ってからコメントをチェックし、音声を入れたりする作業がある。そして、テレビ番組と同時に、本を出版する。そのための執筆もある……。

体力的に大丈夫だろうか。山深い寺や、秘境に建立《こんりゅう》された寺にたどり着くための脚力は、まだあるだろうか……などいろいろ不安もありました。

けれども、まあ、どうにかなるだろう。ならなかったら、それはそれで仕方がない……という開き直りで、第一歩を踏み出しました。

はじめは、不安を感じながらのスタートでしたが、お寺を巡るたびに、私の心身が充実してきました。五十代から六十代までの体の不調が、少しずつなくなり、回を追うごとに、気力体力が整ってくる感じがしました。

私は、これは神社仏閣《じんじゃぶっかく》がもつ不思議なエネルギーで癒《いや》されたのだといい、みんなにも巡礼をすすめました。

「信仰心からではなく、ただの物見遊山《ものみゆさん》でもいいから、神社仏閣に行くといいですよ。そこは古来、よい気が流れる、いやしろ地なのだから」と。

そのころ、茶の湯に興味をもったこともありました。若いころ、一、二度体験し、いつか七十代になって、仕事がなくなったら、きちんと入門して習いたいと考えていました。

しかし、幸か不幸か、仕事に追われていたため、それはかないませんでした。いまでも、正式に習いたいという気持ちはあるのですが、足が痛くなってしまい、それもかないません。

あのとき、少々無理しても、時間のやりくりをして習っていたら、いまごろ茶人《ちゃじん》の風格が身についていたのでは、と悔《く》やまれます。

ある茶人が言っていたことですが、歳《とし》をとったら、何か人前に身をさらす稽古事《けいこごと》をするといいと。

人前で芸をするなどして、人の視線にさらされると、いやでも身だしなみ、立ち居《い》ふるまいに神経を使うようになる、ということなのでしょう。

その緊張感が心身によい影響を与えるのだと思います。

歳をとったら、人前に身をさらす趣味をもつ……なかなか意義深い意見だと思います。

年代にあわせた食養生のすすめ

百寺巡礼をはじめるに当たり、私は、日ごろ行っている養生を、より熱心に行いました。

養生で、呼吸の次に大切なのは、食べることです。

人は、生まれつき病人である、と私はかねがね言いつづけてきました。すべての人は、死のキャリアとして生きているのです。四百四病《しひゃくしびょう》は、おのれの中にあり、体のバランスが崩れたとき、それが表にあらわれるだけなのです。

病気は仕方がありません。それと闘おうとは、私は思いません。諦《あきら》めることを考えます。「諦める」とは、投げ出すことではありません。その反対です。

六十代の章でも書きましたが、「諦める」とは「あきらかに究める」ことだ、と私は思ってきました。病の現実を、目をそらさずに直視します。そして、それを否定しません。どうすれば少しでも楽になるかを工夫《くふう》します。

一番大事なことは、病気にならないように、ふだんから体調を維持することです。それを養生といいます。「治療」より「養生」なのです。

病院のお世話になったときは、体の状態を、勇気をもって「あきらかに究める」。そして、少しでも体が楽になるようにつとめる。

養生に励《はげ》んだとしても、病気は勝手にやってくる。これだけ注意したのにとか、何で自分だけが、などということは通用しません。

何度も述べますが、世の中は矛盾《むじゅん》だらけ、不合理だらけです。それを、ブッダは「苦」と言いました。

人生は「苦」であると、私は「あきらかに」受け止めてきました。その中で、何ができるかを考えるしかありません。

養生というのは、ふだんの生活です。特別にワークショップに通うとか、そういうことではありません。

いま言ったように、食べることは養生の大切な基本の一つなのです。百歳人生の後半人生を歩んでいる人は、とくに食事を注意深く摂取《せっしゅ》する必要があります。

私が以前から行っていることのひとつに、「腹八分《はらはちぶ》」のすすめ、ということがあります。「腹八分」とは、よく耳にする言葉ですが、それだけでは十分ではありません。

人は個人個人が、さまざまな差異をかかえています。年齢というのも、大きな問題です。

伸び盛りの十代までは、腹十分。つまり食べたいだけ食べて、しっかり育つ。

二十代にはいれば、腹九分でいい。

三十代は、腹八分。ここが基準です。

四十代になると、少しひかえて腹七分。

五十代では、腹六分。以下、十歳ふえるごとに一分ずつ減らしていく。

六十歳を超えたなら、腹五分。

七十代に達したときには、腹四分が適当でしょう。

八十代では腹三分。現在の私は、ほぼ一日あたり一食半。やや多めかもしれません。

九十代で腹二分。

百歳で腹一分というのは、いささか酷でしょうか。百歳を超えたらカスミを食べて生きていただく。

まあ、冗談半分のおおざっぱな提言ですが、それくらいでちょうどいいような気がします。

いま一日、ほぼ一食半ということは、昼に蕎麦かうどん、夜はちゃんと食べて、それで終わりということです。

それでも、室生寺《むろうじ》の七百段の階段を三往復したし、徹夜で原稿も書きます。千日回峰《せんにちかいほう》の行者さんのことを思えば、これでも食べ過ぎかもしれません。

それと、食べ方でとても大切なことがあります。

食べることで生命力を得るために大切なことは、何を食べるかということより、だれと食べるか、ということが大切なんだそうです。

嫌いな人や、仕事の付きあいの食事では、生命力を得ることができないということなのでしょう。

気を使って喉《のど》を詰まらせながら、高級な食事をするくらいなら、一人でゆっくり味わって気楽に食べたほうがよいに決まっています。

幸せの期待値を下げる

人間は何のために生まれてきたのか、人生に目的はあるのか……という問いは、長いあいだ、数多《あまた》の哲学者にくり返し、くり返し考えられてきたことです。

私は以前、人生には目的はない、ただ在ること、生きていることに意味があるということを書きました。いまでもその考えをもちつづけています。

ただ最近、気になっていることは、その在り方、生きるさまに、条件をつける風潮があるように思えることです。つまり幸せに生きなければならない、幸せ感がなければ、成功とはいえないという具合です。

「幸せ」とは、一人ひとり感じ方が違うものなのに、幸せに対する期待値が、どんどん高まっています。ときには、強迫観念のようになっている。

いま人びとが「幸せ」というとき、それは、ほぼ物質的充足、お金やモノの充足や、そこから得られるゆとりをさしています。

私はそこに、現代社会のストレスがあるように感じられます。幸せに生きなければならないという考えは、物質的に豊かでなければならないということで、それを実現することは、相当なストレスになります。

幸せな家庭、幸せな人間関係、幸せな老後、幸せな死に方……どれをとっても、かなり困難をともなうもので、それを求めつづけると強いストレスを感じると思います。

いまの社会で、ストレスをなくすことなどできません。最近の若者の中に、人間関係のトラブルがストレスになるから、恋人を作らないという考えがあるそうです。たしかに、生きているということは、ストレスの連続です。

暑さ寒さの気候の変化も、ストレスとなって自律神経のバランスを乱し、体調を悪くします。健康本は、ストレスを避《さ》けて生活しようと提唱しますが、それはありえません。日々襲いかかるストレスの波を受けつつ、いかに、躱《かわ》してダメージを受けないかを考えるしかありません。

少々のことは仕方がない。向かい風が吹いているのに、風よ吹くなと言ってもしょうがないことです。

まず、生きている以上、ストレスは避けられないものとして、諦《あきら》めることです。どうしようもないもの、不条理なものが世の中にあって、避けることができないと、はっきりと覚悟することです。

そして、ストレスを受ける側がどう対処するかを考えることが大切です。

そのための一つの方法が、幸せの期待値を下げるということだと思います。

私の場合、その基準値を、自分がこれまで体験した中で、最悪だったところに置いています。

それは、戦後、現在の北朝鮮の平壌《ピョンヤン》から日本に帰ってくる過程で滞在した、難民キャンプでの体験です。北緯三十八度線を越えた開城《ケソン》に米軍のキャンプがあり、そこに、北から逃げてくる脱北者は収容されました。

そこではテントの中に、数百人が収容されており、寝るときは、足を伸ばせない。体をエビのように折りたたみ、それでも身をおける空間が確保できれば、ラッキーと思えるのです。家族同士はお互いにお腹の上に足をのせあって、だんごのように丸くなって寝るという状態でした。

そのような経験をして生き延《の》びてきたのです。だから、いま旅行先などの宿のグレードに関して、何の不満ももちません。よく、地方に講演に行くのですが、ときどき、駅前の小さな古いビジネスホテルが当てがわれることがあります。一緒に呼ばれた若い講師は、待遇が悪いとぶつぶつ文句を言っていましたが、私は別に何とも思いませんでした。

部屋は小さいけれど、テレビがあり、トイレと風呂が付き、清潔なシーツもあり、狭いながら一人でベッドを占領できる。難民生活のときにくらべれば、極楽だと心底思えるのです。

体験を超える想像力もある

昔、ザ・フォーク・クルセダーズのメンバーと対談したとき、印象的なことを言われました。

「五木さんが、うらやましい。飢えたという経験をもっているのが、うらやましいと思います」

と。

そのときは、何を言っているんだ、餓死寸前《がしすんぜん》の状態なんだよ、と切り返しましたが、よくよく考えると、彼らの言うとおりかもしれません。最低の経験をして、それが記憶に残っていると、その体験がいつも下支《したざさ》えしてくれているような気がします。

「このときの苦しさにくらべれば、これは何てことない」

と、そのストレスをやり過ごすことができるのです。

そういう経験なく育つことは、ある意味不幸かもしれませんが、他人《ひと》の経験を聞いて、それを想像力や、自分の肌感覚で理解することは、可能なことだと思います。

ヨーロッパや中東で、現在起こっている難民の苦しみや絶望感を思い、我が身に置き換《か》えて考えてみる。

そうすると、いま現在、私を悩ましている人間関係や経済問題、不安など、本当に取るに足らないものと思えてきます。自分の周囲に、実際に吹き荒れているストレスの風圧が、じつは、たいしたことではないのだと思えてきます。

つまり、平和社会のストレスというものは、それをまともに受けずに、やり過ごすことができるのではないでしょうか。

くり返し、この話をしているのですが、私がとくに大変な生活を強いられたと想像するのは、戦後、シベリアに抑留《よくりゅう》された日本兵だと思います。

零下三十度の厳寒《げんかん》の地での重労働は、それは苛酷《かこく》なものでした。パンひと切れと、実のはいっていないスープ一杯で、木材の伐採《ばっさい》をさせられる。凍傷《とうしょう》にかかるのは当たり前で、全員栄養失調です。

肉体的にも大変なのに、さらに精神的なプレッシャーがのしかかる。

それは共産主義のオルグです。

捕虜の中には、昨日までの帝国主義思想から素早く転向して、先鋭的な左翼分子になった人もいます。その人たちがオルグ（洗脳分子）となって、仲間に「マルクス主義の本を読め」と強要する。

ちょっとでも非協力的な態度を見せると、反動分子といって、吊《つ》るしあげを食らうか、密告されて、さらに厳しい環境の地に移動させられる。

それはまさに、内憂外患《ないゆうがいかん》を抱えて、生き抜くことです。旧ソ連軍に強制的に作業をさせられているという、外部からの憂い、そして、内部での捕虜同士の諍《いさか》い、両方のストレスを抱えて、よくみんな我慢して帰ってこられたと思います。

彼らのストレスにくらべれば、私のストレスは、ストレスと呼ぶのも憚《はばか》られるのですが、それでも、この歳《とし》で毎日、二本から三本の締め切りを抱えて生活するのはつらいものです。

口癖は「命まで取られるわけではない」

仕事をして社会と関わっていると、人間関係がストレスの原因になります。これまでの私の経験から言うと、ストレスというのは、だいたい人間関係から来ることが多いのです。

先ほどのシベリア抑留者たちのストレスも、多くは、同じ捕虜の中に、過激なオルグがいるということだったのではないでしょうか。

私は自分がストレスを感じているなと思うときは、単純な言葉をおまじないのように自分に言い聞かせて、居直《いなお》ってきました。

「命まで取られるわけじゃないよ」

これを口癖《くちぐせ》のように言ってみるのです。

そうすると、不思議なことに、がんじがらめにこわばっていた気持ちが和《やわ》らいできます。筋肉の緊張がほぐれ、肩、首のこりが少し軽くなります。

ストレスを避けよう、避けようと逃げ回るのではなく、何があっても、何が起こっても、

「命まで取られるわけじゃないよ」

と開き直って、スルリと躱《かわ》す生き方も必要なのではないでしょうか。

私にとって、状況打破のマジックワードは、

「命まで取られるわけじゃないよ」

ですが、それぞれ、自分にあった言葉を探すといいでしょう。

戦後の女性代議士第一号のひとり園田《そのだ》（松谷《まつたに》）天光光《てんこうこう》さん、のちに、園田直《すなお》外務大臣の奥さんとして活躍された方ですが、彼女は九十六歳で天寿をまっとうしました。亡くなる二、三日前まで、新聞社の取材を受けていたといいますから、大往生《だいおうじょう》です。

彼女の晩年は、三歳年下の妹さんで医師の松谷天星丸《てんほしまる》さんに支えられていたそうです。

まさに老老看護です。

天星丸さんは、自分の体調が悪いときや、怪我《けが》をしたとき、またストレスを感じたときは、

「さだめじゃ」

と自分に言い聞かせて乗りきったといいます。

この「さだめじゃ」という言葉をつぶやくと、それまでざわついていた気持ちが収まり、平常心に戻ったといいます。

退屈を愉しむ

七十代のころ、若くて、物怖《ものお》じしない、少々無礼な編集者に言われたことがあります。

「水族館で、マグロとかカツオのような回遊魚を見ていたら、五木さんのことを思い出しました。失礼ながら、五木さんは仕事をして、フル回転していないと、エンジン

が切れて、ダメになるタイプじゃないですか」

と。少々むっとしながら、どういう意味だいと尋《たず》ねると、

「回遊魚って、動き回っていないと、呼吸が止まって死んでしまうというじゃないですか。五木さんも毎日締め切りを抱《かか》えて、仕事していないと、エネルギーがなくなって、パタッといくタイプかと思って」

「そんなことないよ。ぼくはできたら、何もしないで、ボーッとしていたい怠け者なんだよ。君たちが締め切りだ、デッドラインだと大騒ぎするから、寝ないで頑張っているんじゃないか。そんなことというんなら、のんびりやらせてもらおう」

そう言うと、彼は、

「イエイエ、回遊魚というのは悪い意味ではなくて、すごく働き者だという意味で、すばらしいという褒《ほ》め言葉です。のんびりすると、退屈してつまらないのでは……退屈するってイヤじゃないですか」

と、あわてて弁明しました。

私は、それ以上言っても仕方がないと思い、口をつぐんだのですが、考えさせられました。

若い人も、歳《とし》をかさねた人も、どうして退屈を嫌がるのだろうかと。

私は、はっきり言って、退屈な時間が大好きです。

何も用事のない一日、仕事もない一日、だれからも連絡もない、連絡する必要もない一日。これは、黄金の一日です。

何でもできるけれど、何もしないという選択をする一日、退屈を味わおうと決心する一日を作るのは、心身にとって、大きなリフレッシュになると思うのです。

退屈を味わえる一日。これはとても深い意味があるように思えます。

できたら、暇《ひま》つぶしもしない、趣味の読書もしない。ただただごろごろして、何も考えない。そう、ナマケモノのように生きるのです。

黄金期の七十代。

今日はナマケモノデイ……という一日を作るのもよいでしょう。

スタッフが、インターネットで見つけたナマケモノの生態についての話です。

ちなみに、ナマケモノという動物は、一日の大半を睡眠時間に当て、ほとんど動かないと言われています。これは動かないのではなく、筋肉がなくて、動けないのだとか。

筋肉がないから、動けないし、敵に出くわしたら、完全にアウトです。敵と戦えないし、動きが遅いから、逃げることもできないのです。

それでも弱肉強食のジャングルで、なぜ彼らが今日まで絶滅せずに生き延《の》びてきたかというと、他の生き物と戦わず、共存共生してきたからだという説があります。

ナマケモノの生態に、排便のとき、自分の糞《ふん》をぶら下がっている木の根元にして、その木に栄養を与えているというものがあるそうです。店子《たなこ》が大家さんに家賃を払うように、糞で栄養を与えて恩返しししているのです。

また、ナマケモノの死の瞬間について、興味深い話がありました。彼らは、敵に見つかって、食べられる瞬間に全身の力を抜くのだそうです。

「ああ、ダメだ。これで一巻の終わりだ」

と感じたら、ジタバタ抵抗して、力を入れるのではなく、諦めて、スーッと体の力を抜くのだとか。

まるで、悟りをひらいた高僧のように、自分の死を受け入れるのでしょうか。そうすることによって、ナマケモノ自身、断末魔《だんまつま》の苦しみから逃れられるのではないかと書いてありました。

退屈のすすめから、ナマケモノの死の瞬間に、話は飛びましたが、何かを教えられたような気がします。

第五章

八十代の自分ファースト

八十代こそ嫌われる勇気をもつ

七十代で、人生の黄金期を謳歌《おうか》しているうちに、八十代の壁が目の前に迫ってきます。

よく、八の坂、九の坂といいますが、その年代の後半、七十代ならば、七十八歳、七十九歳。六十代だったら、六十八歳、六十九歳のころですが、これから先の新しい十年の幕開けの前の二、三年という期間は、どうも、心身ともに大きな不調を抱える方が多いようです。

私もそれを経験してきました。

いま言ったように、昔の人は、それを八の坂、九の坂と譬《たと》えて、この時期を用心しなさいよ、と注意をうながしてきました。それとともに、この坂を越えたら、良くなるから、少し辛抱《しんぼう》しなさいよと、励《はげ》ましあったそうです。

さていいよいよ、八十代に突入します。

二〇一六年から一七年にかけて、世界を駆け巡った流行語があります。「〇〇ファースト」という言葉です。トランプ大統領の「アメリカ　ファースト」、小池百合子《こいけゆりこ》さんの「都民ファースト」と。

私は、八十代になったら、「自分ファースト」でいいのではないかと、密《ひそ》かに感じています。

これまで八十年間の人生、どんなにわがままな人でも、また身勝手に生きてきたと感じている人であっても、やはり人間関係には気を使い、他人《ひと》の顔色をうかがいながら、心を擦り減らし生きてきたのではないでしょうか。

私は、八十代になったら、それをやめよう、と思いました。

若いころから、自分は自分、他人はひと、という考え方は通してきたつもりではありますが、八十代を過ぎてからは、より自分の直感にしたがい、世間の思惑《おもわく》の中で行動しないようにつとめています。

以前『嫌老社会《けんろうしゃかい》を超えて』（中央公論新社）という本を書きました。動機はこんなことでした。

——若い人がくつろぐコーヒーショップに足を踏み入れると、何とも言えない冷ややかな視線を感じる。この居心地《いごこち》の悪さは何か。私は、それが「嫌老感」だとようやく気が付いた。

そう、老人はもはや「弱者」ではない。高額の年金をもらい、高級車に乗り、若者の何倍もの社会保障費の恩恵を受けている。これで社会に嫌老感が起きないわけがないのだ。では、解決策はあるのだろうか——

老人を嫌うという、若い世代の感情を圧《お》しとどめることはできません。それ以上の軋轢《あつれき》を生じさせないためには、無視するか、お互い、干渉《かんしょう》もしない、干渉されない関係を作っていくことぐらいしかできません。

嫌われてもいいじゃないか、自分は自分、他人《ひと》はひと……このときも、自分にそう言い聞かせ書いたのですが、それが、この章の八十代の「自分ファースト」という生き方につながっていいます。

さて、この八十代の「自分ファースト」を生きる覚悟として、意外に参考になりそうな標語を見つけました。「嫌われる勇気」です。つまり、嫌われることを恐れない態度です。

数年前、心理学者のアドラーの思想を解説した『嫌われる勇気』(岸見一郎／古賀史健著、ダイヤモンド社)という本を、タイトルにひかれ読んでみました。

人はだれでも、好んで他者から嫌われようとは思ってはいないでしょう。嫌老社会の中で、「嫌われる勇気」をもつこと、これは、案外、八十代を生きる上で役に立つかもしれません。八十代だからといって、もはや隠居《いんきょ》して、社会から離れて隠遁《いんとん》生活をするわけではないのですから。

『ライフシフト』の著者、リンダ・グラットンは、資本主義社会がいきづまって、これまでの社会保障制度の見直しを迫られた結果、八十代の老人までが、何らかの形でお金を稼いで、自分の生活を支える必要に迫られると言っています。

とても優雅《ゆうが》に隠居生活などしていられない社会になってくるのです。これも、百歳人生で覚悟をしなければならないことでしょう。

グラットンによれば、社会で、経済活動をするということは、老人もこれまでのように同世代とだけでなく、もっと若い世代とも関わりをもって働くということが求められるというのです。

心身の衰えを自覚しつつ、若い世代のあいだにはいって働き、お金を稼ぐということは、並大抵のことではありません。まず頭の回転、運動機能など、どれをとっても大きな差があり、ペースが合わないでしょう。

そんな状況で、どうやって働くことができるか。

いまの時代、ひと昔前の日本の社会と違い、老人世代は尊敬されるどころか、若い世代からは嫌われる存在になってしまっています。たとえば、加齢臭《かれいしゅう》という言葉がテレビのCMで、平気で流れるということ自体、嫌老社会の一端をあらわしているのではないでしょうか。

そんな社会の中で、嫌われる勇気をもつということは、孤立を恐れない自覚ではないでしょうか。自分自身の内なる声に、忠実に生きて行動し、若い世代の顔色を見たり、阿《おもね》ったりしないということです。

同世代に対しては、これまでのような、慣れ合い的な世間付きあいを遠慮する。自分がどうしても、出席したい、行きたいと望まないかぎり、冠婚葬祭からも身を引く。足腰の痛いのを我慢《がまん》して、冬の通夜《つや》に出席し、その後、長く寝こむ……これも問題です。

遠慮をしろと言っているのではありません。むしろ八十代は、積極的に嫌われる勇気をもって行動しようと言っているのです。八十歳を超えてこそ、遠慮のない行動をするのに、一番ふさわしい年齢だと、私は感じています。

群れの中に身を置きつつ、周囲や群れの掟《おきて》に迎合《げいごう》しないで、自分に忠実に生きる。そうすることによって、七十代では気がつかなかった発見を味わうことができると思うのです。

これこそ、人生の秋の、最高の楽しさのひとつではないかと思うのです。

死の影を恐れない覚悟

お年寄りに接している人は、お年寄りが口癖《くちぐせ》のように、

「早くお迎えが来てくれないか」

と口にすると言いますが、はたして本心はどうなのか。

じつは、

「そんなこと言わないで、一日でも長く生きてくださいよ」

という言葉を待っているのではないだろうか、と思ったりもします。

もう十分生きたから、このくらいで娑婆《しゃば》におさらばしたいと、本当に考えているのかどうかは疑問です。

第四章でご紹介した、ホリスティック医療のリーダー帯津良一さんの経験によれば、八十代の人が九十代まで自立的に行けるかどうかの境は、八十六歳のころに決まると言います。八十六歳を超えて足腰が元気だと、その後の九十代も、介護なしで行ける

人が多いそうです。

知り合いの、八十五歳のお医者さんの話です。

それまで足腰も衰えず、すこぶる元気に、家長として家族だけでなく、一族郎党《いちぞくろうとう》の長としても君臨《くんりん》していたそのお医者さんが、不幸にして大腿骨《だいたいこつ》を骨折して、寝たきりの状態になりました。

二人の娘さんが面倒をみているのですが、寝たきりになっても、これまでの絶対君主の態度を崩さず、娘たちに、ああしろ、こうしろと命令するので、介護する側は、心身ともに疲れきり、介護の限界に達してしまったそうです。

ある日、あまりにも我儘《わがまま》がひどいので、娘さんのひとりが父親にこう聞いたそうです。

「お父さん、いつも話していた薬はどうしたの」

そのお医者さんは、日ごろ、

「お前たちの面倒にはならない。そうなったら、毒薬を飲んで死ぬから安心しろ」

と言っていたからです。

娘にそれを指摘されたお医者さんは、こう答えたそうです。

「もう嚥下《えんげ》障害が出てきているから、錠剤は飲めない。あれは諦《あきら》めた」

その娘さんは、父親の顔を見て、ああ、この人も死ぬのが怖い、ふつうの弱い人間だったのだ……とこれまで感じたことのない、ある種の親しみを覚えたといいます。

五分に一度、たいした用事もないのに、大きな声で自分を呼ぶのは、じつは、これまでは他人事《ひとごと》だった、死に恐れを抱いているのではないかと。

私はこの話を聞いて、このお医者さんの場合は、子供たち家族と同居しているので、本人の中に、孤独死への恐れの心はないと思いましたが、家族が元気で活動している中で、自分一人が、刻々とリアルになる死の影と向き合わなくてはならないという寂《せき》寥《りょう》感が、娘さんたちを、五分毎に呼びつけるという行為になっているのではないかと感じました。

独りで生まれてきて、独りで去っていくという覚悟

最近、興味深い調査結果を目にしました。

自分が孤独死、単独死する可能性があると思うかという問いに対して、三十数パーセントの人が、その可能性があると答えたそうです。

子供や妻、家族がいたとしても、自分はみんなに見守られてこの世を去るのではなく、ひょっとしたら、独《ひと》りで去るかもしれないという予感を、相当数の人びとが抱えているというのです。

昔は、係累《けいるい》のない人が、独りで寂しく死んでゆくというのが現実でした。ところが、目の前に迫る百歳人生の時代では、子供や配偶者がいるにもかかわらず、三割もの人が、単独死する予感に怯《おび》えを抱いているのです。

これは、いままでにない不安の感覚で、日本社会のコミュニティの崩壊が、家族関係にまでおよんでいる現実を映し出しているように思えてなりません。

家族の中での孤立、大勢の中の孤独、群衆の中の孤独——百歳人生という、個人の長寿と引き換《か》えに、私たちは、とんでもない地獄を生きなければならないのかもしれません。

独居老人と言われる人ばかりでなく、家族の中で支えられて、一見、何不自由なく暮らしているように見える人が、じつは、

「だれにも見守られず、死ぬときは独りじゃないか……」

ということを考えているのです。

であれば、私たちは、単独死、あるいは孤独死を、社会の歪《ゆが》みとして悲観的に考えるばかりではなく、本来、人間とはそういうものではないかということを、振り返ってみる必要がありそうな気がします。

歴史を見ると、トルストイは晩年になって、家族とも別れ、家出をして旅先の駅舎で死にました。また永井荷風《ながいかふう》は、晩年、市川《いちかわ》の荒屋《あばらや》で独居生活をし、胃潰瘍《いかいよう》にもかかわらず医者にも行かず、近くの蕎麦屋にカツ丼を食べに通う日々を重ね、最期は吐血

性心臓麻痺《まひ》で寂しい孤独死を迎えたといいます。

でも、そういう死に方が稀有《けう》で、特別な、寂しい死に方なのではなく、これからは、家族、親、兄妹、子供たちがいながら、単独死するということもおおいにあり得るという、想像力をもつべきなのかもしれません。

むしろ、敗戦後の七十年間の、マイホーム主義の時代の死のあり方こそ、稀《まれ》な、儀式としての死のあり方だったかもしれないのです。

インドの「遊行期《ゆぎょうき》」というのは、家も家族も捨てて、杖《つえ》をついて、死に場所を求めて出て行くことですが、それはひとつの、人間がこの世から退場するときの究極の姿ではないでしょうか。

長生きこそ幸せという価値観は、個人としての人生の充足感、達成感とは無縁です。場合によっては、長寿は、その人にとって、重荷であるということもあるわけです。

でも、不死不老は、人類の永遠の夢ではないか。それを求めて、医学も発展したのではないか。百歳人生は、その第一歩ではないですか——そういう声も聞こえてきます。

私も、そのとおりだと思います。

けれども、まだ人類は、不死の薬を手に入れたわけではありません。ようやく、ついい昨日までの「人生五十年」から、たかが「人生百年」の時代に手が届いたにすぎません。

人間は、まだ死の恐怖から自由になったわけではないのです。だからこそ、私は、百歳人生時代の、この世からの去りどきということを、各自がどうしても考えなければいけない時代にはいってきていると、考えているのです。

百歳人生をだれが支えるのか

国は、「人生100年時代構想」と言って、長寿人生政策を推進させはじめました。何をしようとしているのか、まだよくわかりませんが、私がいま一番心配しているのは、六十代の章で述べたように、だれが百歳人生社会を支えていくのかという問題なのです。

経済的な問題でいえば、介護費用は確実に破綻《はたん》し、介護難民がどんどん出てくることが予測されています。また膨大《ぼうだい》にふくらむことが予測される医療費を、どうするのかという問題があります。

七十歳を過ぎてガンになり、高度の先端医療を受けるとなると、自己負担が大きくなります。いま国の健康保険のお金は、高齢者には使わせないという方向に向かっているからです。

さきほど、家族の絆《きずな》やコミュニティの崩壊が原因で、たとえ親類縁者がたくさんいようと、自分は孤独な死を迎えてしまうかもしれないという不安が増大していることを紹介しました。

「人生五十年」時代の、これまでの死の床のイメージは、家族に見守られ、家の中で、

「いい人生だったね」

と送られる姿で、それが社会から惜しまれて死を迎える、理想の死に方でもありま

した。いや、それが普通のことだったわけです。

しかし、「人生百年」時代では、そういう幸福な死に方ができるのは、おそらく七十歳以前に事故や病気などでやむなく亡くなる、「若死《わかじに》」の方の特権になるでしょう。それ以上の、長寿者の死に方は、自ずと年金や介護など政治経済の制度に制約されてくるからです。

八十歳を過ぎ、九十歳も楽々超えて、いわば本人も自足した長寿の末に死を迎える時代の、世を去ることに関しての考え方が、これまでとはガラッと変わり、だれも惜しむ人がいない死、という現実が近づきつつあるのです。

人はこれまで、できるだけこの世に執着し、まわりからも惜しまれつつ去っていくことが常識とされました。しかし、これから先は、人生の灯が消え入ろうとするとき、友人や家族から励まされ、生きる努力をかさねた末の死ということではなく、周囲も死を当然のことだと認め、本人も覚悟するという時代になると思います。

老人が亡くなると、みなほっとする。ひょっとすれば本人もほっとする。社会もほっとする。惜しまれざる逝《ゆ》き方というのが、もう自分たちの目の前に降りかかっているのです。

それでも、人は生まれたからには生きて行かねばなりません。

そうなると、生死ということに対する覚悟や考え方、死生観というものを大幅に変えなければならないんじゃないかと、私は思います。

この世からの退場の仕方を考える

いまから三十年ほど前、上智大学のアルフォンス・デーケンさんが、死について正面きって語りはじめた時代があって、死の問題が大きくクローズアップされたことがありました。

このときの、デーケンさんの提唱した死生学というのは、人生五十年とか、六十年とか、七十年とかいう枠の中での死の見つめ方であったわけです。

けれども、これからの死というのは、いままでとはまったく違った価値観の中で考えなければならない。

百歳人生社会を迎えて見えてくるのは、百歳という天寿をまっとうしなければならないし、また百歳を迎えたら、この世を去るのは当然で、去るのはいいことだ、という考え方が広まる可能性すら感じさせられます。これは先にお話しした、橋田壽賀子《はしだすがこ》さんの「安楽死」の問題にも関連してくるのでしょう。

前にも取り上げた深沢七郎《ふかざわしちろう》さんの小説『楢山節考《ならやまぶしこう》』のおばあさんは、早く楢山に行きたいというようなことをいっているわけですが、同じように、私たちも、社会からも家族からも惜しまれて退場していくというようなイメージは、もうすでに通用しないだろうと思うのです。

本来、死というものは、すべて単独死ではないかと思います。

たとえ周囲を家族、友人が取り囲んでいても、死の扉を開けて、未知の領域にはいっていくのは、たった独りでするのですから。

たとえば安アパートで、人知れず死ぬということだけを、単独死、孤独死というのではなく、まわりをみんなに囲まれて、一見、和《なご》やかに去っていくように見えるときでも、死は孤独であり、単独死であり、本人だけの問題だということを、私たちは再認識しなければならないでしょう。

人は成人したら、親の家を出るというのは、欧米社会では常識です。家族という単位で生活するのではなく、独立するわけです。

七十歳、八十歳、九十歳になった高齢者が、もう一度、家を出る、独立する。べつな言い方をすると、単独者として生きるというライフスタイルが、あらためて目の前に、大きくクローズアップされてきたという気がします。

いま、首都圏では、高齢者専用の見守りつきのマンションが増えてきました。そこに入居している八十代の女性の話を、関係者から聞いたことがあります。

その女性は、ご主人を亡くしてから十年ほど、独り暮らしをしていましたが、あるとき自宅にかかってきた一本の電話にだまされて、百万円を振り込んでしまったのだそうです。振り込め詐欺《さぎ》の被害者になったわけです。

テレビのニュースを見ても「自分は絶対にだまされないぞ」と思っていたのに、以来すっかり自分に自信をなくしたそうです。冷静になって考えてみると、自分に必要なのは、見守られている安心感だと気づいたというのです。

人間は小さな不満には耐えられるものの、歳《とし》をとってから、不安を感じながら暮らすのはなかなかつらいものです。安心安全な住居に移ったいま、子供には頼らず、思い切って家を出てよかったと、その方は話しておられたそうです。

もちろん、高齢者が快適に暮らすためには、経済的な見通しもなければいけないし、政府や社会保障の充実も必要ですが、インドの林住期《りんじゅうき》、遊行期《ゆぎょうき》のように、家族からふたたび独立するという考え方は、私は非常に示唆《しさ》的だと思います。

そうして初めて、社会とか家族という絆と離れて、自分の死生というものを、正面から見つめ直す。そういう時代にさしかかってきているのではないでしょうか。

自分の人生設計を考えるとき、自分はどういうふうにこの世を去っていくのだろうか、ということを、真剣に考えなければならないのです。

単独死とか孤独死が、不幸ではなくて、それもまた、ひとつのあり得べき退場の仕方であると、冷静にきちんと受け止めていくというように、常識が変わっていいと思うのです。

思い悩んでも仕方がない経済問題

百歳人生を考えた場合、衰えゆく健康や認知症の恐れとともに、先ほども取りあげたように、経済的な不安が大きな部分をしめてきます。

長寿社会に備えて、どれだけ老後資金が必要か……という、あるファイナンシャルプランナーの記事が目にはいりました。先にも老後資金の話題を出しましたが、この記事は、よりシビアです。

ファイナンシャルプランナーは、四十五歳のメーカー勤務の男性の例を出して、六十五歳から百歳までの期間に必要な生活資金を一億九千万円という数字ではじき出しました。そうすると、年金を差し引いても、約四千百万円足りないそうです。その額を、現役時代に貯金しなさいと。

めまいが起きそうです。働き盛りに蓄えておきなさいと言われても、それは無理な話です。

子供の教育費や住宅ローンなどで出費がかさみ、赤字ぎりぎりのところでやりくりしているのが現状ではないか。

堅実な家計簿を提案する経済評論家の荻原博子《おぎわらひろこ》さんも、現役世代は、「資産の棚卸《たなおろ》し」をしなさいとすすめ、老後資金として、夫婦で最低一五〇〇万円用意しなさいと言います。私は荻原さんの書かれるもののファンなので、なるほどと納得しました。

このように評論家はみな、リタイア後のライフプランを立てて、早くから計画的に貯蓄しなさいとすすめます。

老後破綻や下流老人ということが、他人事《ひとごと》ではない時代です。

将来に対する経済的不安というのは、じつはシニア世代だけのものではなく、若い人たちのあいだにも広がっています。

ＡＫＢグループの指原莉乃《さしはらりの》さんという若い人は、先日テレビで、趣味は貯金と言っていました。どうしてそんなに若いのに、と司会者が聞いたところ、その答えがおもしろかったのです。

「私は経済力のない、だめな男を好きになる傾向があるので、玉《たま》の輿《こし》に乗ることがない。ずっと自分で働いていくだろうが、このような人気商売は、いつまでつづけられるかわからないので、老後資金をいまから貯《た》めておく。最近も、月額で年金がもらえる個人年金型保険に入りました」と。

自分の趣味や好きな男性の傾向までわかって、ファイナンシャルプランを立てているところが、さすが人気投票で一位の座をとりつづけている賢さだなと感心しました。

そのような若い人の金銭感覚を知ると、八十五歳の自分のザル感覚を反省させられます。

明日のことを思い煩うな

私も原稿用紙一枚書いて、ナンボというフリーランスですから、指原さんの不安に対する備えはよく理解できます。

三十代のころ指原さんのような堅実な友人がいれば、いまごろ楽隠居《らくいんきょ》だったのになあ、とも思うのですが、一方で、いやいや、ライフプランや金銭的な蓄えは、究極的な支えにはならない、という考えが身についてしまっているのです。

いくら十分にあっても、何事かあれば一挙に消えるのが、お金というものではないかと思うのです。

それは敗戦のとき、一夜にして家も財産も奪われ、身一つで放り出された経験が、いまでも私の思考の根底にあるからです。

「有事《ゆうじ》の金《きん》」と言われ、戦争になっても、インフレにも強いといわれる「金」ですが、そうとは思えません。

国にお金がなくなり、どうしても必要となると、時の政府は、国民のもっている金を供出させることも可能なんです。

預金封鎖や新円切り換《か》えなど、あらゆる手段で、国民のささやかな財布に国が手を入れてもっていく……ということが、実際にあったのです。

そういうとき、老後の備えとして、コツコツ貯めた預金も、個人年金もすべて、水《すい》泡《ほう》のように消えていくのです。

朝鮮半島や、中東の問題から、第三次世界大戦が起こる可能性も、真剣に論じられています。遠い国の出来事だと思っていた危機が、実際現実のものとなった場合、難民として国を出ることもあり得るでしょう。

そのとき、金をもって逃げればいいと言いますが、不可能です。金は重くて、命からがらというケースでは、とても無理。

それに治安が悪くなると、貴金属をもっているということが、命をねらわれるリスクになるのですから。

何をオーバーなことと言って脅《おど》かしているのかと、反発されるかもしれませんが、何が起こってもおかしくないのが、人生です。

人生は、常に想定外のことの連続だと、覚悟を決めておいたほうがよいのではないでしょうか。

そのような中で、私たちはどう考えて生きて行けばよいのだろうか。

そんなとき、私が思い出すのが、聖書の言葉です。

「あれ、五木さんはブッディスト（仏教徒）じゃなかったの？　いつ宗旨替《しゆうしが》えしたの？」

という声が聞こえそうですが、私は、じつは自分では聖書をよく読んでいるほうだと思っています。

地方のホテルに宿泊すると、ベッドサイドに新約聖書が置いてありますが、寝付かれないときなど、それを手にとって、ぱらぱらとページをめくっています。

気がついたことは、新約聖書のイエスの言葉と、親鸞《しんらん》の言葉を書いた『歎異抄《たんにしよう》』の言葉が、とてもよく似ているということです。

たとえば、有名な悪人正機説《あくにんしょうき》。

「善人なをもて往生《おうじょう》をとぐ。いわんや、悪人をや」

それと同じような言葉を聖書の中に見つけて、興奮したことがあります。

「父は悪人にも善人にも太陽を昇らせ、正しい者にも正しくない者にも雨を降らせてくださるからである」（マタイ五章45節）

また、「一日一生」ということをよくいいます。

天台宗《てんだいしゅう》の千日回峰行者《せんにちかいほうぎょうじゃ》の大阿闍梨《おおあじゃり》、酒井雄哉《さかいゆうさい》さんの著書のタイトルにもなっている言葉です。

今日一日を、一生だと思って大切に生きなさいという意味でしょうが、同じような言葉が聖書の中にもあります。

「明日のことを思い煩《わずら》うな。明日のことは、明日自身が思い煩うであろう。一日の苦労はその日一日だけで十分である」（マタイ六章34節）

今日一日を生き抜く力

私は一日一生という言葉や、明日のことを思い煩うな、という言葉に勇気づけられます。

ともかく、何があっても、今日一日を生き延《の》びればいいんだ。明日は明日が勝手にどうにかしてくれるのだから……ここには何かを手放したような開放感が感じられます。

長い老後のために、いくら備えておけばいいのか、思い煩うこともしない。

この膝の痛さがもっと悪くなり、ずっとつづいて歩けなくなったらどうしよう、と思い煩うこともしない。

第一、明日までのあいだに、何が起こるかわからない世の中です。それは百歳人生時代のいまも、昔と変わりません。

浄土真宗《じょうどしんしゅう》の中興《ちゅうこう》の祖といわれる蓮如上人《れんにょしょうにん》はその書きものの中で、「朝には紅顔《こうがん》ありて夕には白骨となれる身なり」と述べています。

明日をも知れぬ命を生きているのが、われわれ人間なのです。

この一週間を振り返っても、いろいろなことがあり、まさかの連続です。一カ月前、半年前を考えると、その感はより深くなります。

そして一年前というと、いま目の前にあるのは、たしかに同じ風景なのだけれど、自分がどんな気持ちで、どんな体調でその風景を見ていたのか、わかりません。まるで別人のような感覚さえ覚えます。

大地震や洪水など天変地異《てんぺんちい》に見舞われたところでは、その風景すら、一変してしまい、まったく見たことのないロケーションが広がっているということもあるでしょう。

だから、あれこれ思い巡らし、計画を立てる時間の単位は、短く考えたほうがよいと思うのです。

百歳人生といっても、一日一日、一時間一時間、一刹那《せつな》の積みかさねです。

私はあるときから、自分がマネージする時間の単位を、今日一日と決めました。

起きると、今日も何とか目が覚めることができた。それに感謝して幸せな気持ちを味わいます。

寝るときは、ああ、今日も一日終わったと安堵《あんど》します。

第二次世界大戦末期、連合国軍がフランスのノルマンディに上陸した史実を詳細に描いた「史上最大の作戦」という映画が、ずいぶん前に作られましたが、そのテーマ曲が世界中で大ヒットしました。

日本語訳の歌「史上最大の作戦マーチ」(訳詞・水島哲)の中の、

*「いつも戦いはつらいものだぜ　生きて帰るのは　誰か　The《ザ》 Longest《ロンゲスト》 Day《デイ》　たとえ死んだとて　誰が弔《とむら》う　日の出　見られるは誰か　The《ザ》 Longest《ロンゲスト》 Day《デイ》」という歌詞は、いまでも忘れられません。

私は、締め切りが重なってしんどいときは、今日が私のロンゲスト・デイだと思います。

このロンゲスト・デイを生き延《の》びれば、また新しい一日を迎えられる。苦しいのは、この一日だけだと思って、ともかく、目の前の原稿用紙を埋めることに集中します。そして、次の日、目覚めたとき、私はたいてい夕方に起きますので、日の出ではありませんが、翌日の日の光を拝めたことを感謝するのです。

二十代、三十代の若者は、将来を思い煩《わずら》い、いろいろ考える必要があると思いますが、高齢者はそんな長期にわたる将来の展望を、気にする必要はありません。

八十代の、その日その日を味わい、ていねいに生きる——月並みな話ですが、日によって、いろいろ変化する体の状況を、すべて噛《か》みしめて味わうことが大切だと感じています。

おだやかで、気持ちのよい日もあれば、嘆息《ためいき》ばかりが口をつく重苦しい日もある。

しかし、それもみんな、かけがえのない、今日一日なんです。

第六章

九十代の妄想のすすめ

想像力よりも妄想力を

いよいよ九十代です。

私も五年後には、この域に達するはずですが、そこまで行けるかどうか、神のみぞ知るです。

いまでもひざの痛みで、歩くのさえ困難な日があります。五年後には、どうなるのか。八十八、八十九の八の坂、九の坂を何とか越えたら、どんな体調になるか……じつのところ、私はあまり悲嘆《ひたん》していません。

なるようになれ、というやけっぱちの開き直りというのではありません。歩けなくなっても、手が動かなくなっても、その時点で働いている脳細胞を駆使《くし》して、妄想《もうそう》をする楽しみを味わいたいと考えているんです。

妄想をするなどと言うと、五木さん、とうとうボケたんじゃないかと思われるかもしれませんが、私がこの『百歳人生を生きるヒント』の冒頭でご紹介した、『サピエンス全史』という本をご記憶でしょうか。私が興味深かったのは、この本の中で、人類は、虚構について語る能力を獲得したことによって、霊長類の中の最強のポジションを得たというくだりでした。

虚構について語る能力とは、想像力を超えた、妄想力ということだと、小説家の私は理解しました。妄想とは、現実的根拠のない想像です。つまり、想像の翼を自由に広げて、虚空の空間に遊ぶのが、虚構という世界です。

幼年期、サンタクロースや妖怪の存在を本当に信じていたときの、イキイキとした喜びは、妄想の喜びです。その妄想力を使って、人生の最終場面を楽しむことはできないか、私はいま、そう考えているのです。

肉体は、現実に置きながら、妄想力を駆使して、過去にも未来にも行ってみることができる。脳の中のことだから、歴史をさかのぼることもできるし、海外にも宇宙にも飛んで行くことができる。これは愉快なことではないかと思うのです。

こんな話を耳にしました。

八十代のおばあさんが骨折をして入院しているとき、何もすることがないので、ひまつぶしに、乙女のころのことを思い出していたそうです。そうしたら、突然お兄さんの友人から、付け文《ぶみ》らしきものをもらったときのことが、鮮明によみがえってきたそうです。

あのとき、恥ずかしくて、顔を真っ赤にして、家の中に逃げこんでしまったけれどあの人のこと、嫌いではなかった。そのあとも、ずっと気になっていた……という自分の気持ちに、あらためて気がついたそうです。

それからが、妄想力の出番で、いろいろストーリーを作り上げました。

あの人と結婚していたら、どうだったのかとか、子供は何人で、いまどこに住んでいるだろう……仏頂面《ぶっちょうづら》の老いたご主人が、娘さんに連れられて、いやいや見舞いに来たときも、この女性は幻の恋人のことを思っていたそうです。

そうしたら、目の前のおじいさんの無愛想《ぶあいそう》な態度も、少しも気にならなかった、おかげで、楽しい入院生活だったと話していたと言うのです。

この女性のように、過去を振り返るということは、じつは、とても大切な実り豊かなことと考えています。

記憶は無尽蔵《むじんぞう》の資産

回想療法といって、過去の楽しかったことなどをイキイキと回想すると、脳内神経を刺激して、途切れていた記憶の回路がつながり、認知症の予防にもなるなどと言われています。

この点について、印象的だったのが、作家で僧侶の玄侑宗久《げんゆうそうきゅう》さんが話してくださったお父上のことです。

玄侑さんは、当時実家である福島県三春町《みはるまち》の名刹《めいさつ》、臨済宗《りんざいしゅう》妙心寺《みょうしんじ》派福聚寺《ふくじゅうじ》の副住職でした。あるとき、住職の父上が脳の病気で倒れ、記憶や言語に後遺症が残ったそうです。

退院後はそれでも毎朝のおつとめの習慣で、本堂に座っていたそうですが、あるとき、木魚の撥《ばち》をとると、体が自然に動き、以前のような調子で叩《たた》くことができたそうです。

次の日もその次の日も同じようにして、座って叩いているうちに、すっと、お経の一節が口をついて出たといいます。

その後は、これまで切れていた神経回路がつながったかのように、言葉が出てきたのだそうです。

よく、過去は振り返るな、忘れて進め、ということが言われますが、私はそうじゃないと思います。過去を、後ろを振り返り振り返り進む生き方を、私は「背進《はいしん》する」と名付けたのですが、そこには、豊かな人生の知恵が眠っていると考えるのです。

豊かな過去をもっているということは、年長者にとってメリットです。

九十歳の人には、九十年の記憶の資産があります。その資産は、インフレになっても、政治体制が変わっても、決して目減りしない、たしかな財産です。しかも、どんなに使っても決して減らない。

その無尽蔵《むじんぞう》の資産を使って、妄想に遊ぶ……それは歳《とし》をかさねればかさねるほど、豊かになるのではないでしょうか。

回想世界に遊ぶ至福

回想療法を行うと、もうひとつ、顕著にあらわれてくるのが、郷愁、ノスタルジーという感情です。

甘酸っぱい、せつない、胸がチクチク痛む、自然とため息が出る、そういった水気を含んだウエットな感覚を、女子供のセンチメンタリズムと軽蔑《けいべつ》していた時期がありました。

とくに経済が右肩上がりのころは、この憂いを含んだ感情を、ネクラといって軽蔑する傾向もありました。しかし、この感情は、日本人が古来もちつづけてきた、大切な精神性のひとつではないでしょうか。

万葉歌人の大伴家持《おおとものやかもち》に、こういう歌があります。

うららに照れる春日《はるひ》に雲雀《ひばり》上がり　情悲《こころ》しもひとりし思へば

ここでは情という文字で、こころというものを再現してあります。

こころとは、ドライに乾いたものではなく、ある程度の水分を含み、揺れ動き、ときによっては涙を流す、またあるときは、歓喜で高揚《こうよう》する感情なのではないか。

この感情の揺れ動きが、過去を思い出すことによって、生じてくるのではないでしょうか。

先日、たまたまつけたテレビで、引きこもりのお年寄りを外に連れ出そうという、村のこころみを取材した番組がありました。山間の、住民は八百人くらいの小さな村の話です。住民の多くは、八十代、九十代の独り暮らしのお年寄りでした。ご主人に先立たれた、元小学校の先生のケースを取り上げていました。

この女性は、日がな一日、家の中に独りぼっちでいたそうですが、あるとき、いまは湖底に沈んでしまった、村の小学校の話をしてほしいと、村役場から頼まれ、一世代も二世代も若い人たちの前で、当時の村の暮らしぶりを話しはじめたそうです。

そうしたところ、いままで忘れていたことを、リアルに思い出しはじめたそうです。それも、頭の中の記憶ではなくて、そのときの、風の音、教室から流れてくる教科書の音読の声、春になるといっせいに萌《も》え出す若草の匂い、といった皮膚感覚もよみがえったというのです。

それ以来、話すのがおっくうで、言葉が出てくるのに時間がかかっていた症状も解消されたと報じていました。私は、このテレビ番組を観て、この女性は回想という至福の時間を過ごしているのだと、つくづく思いました。

歴史はノスタルジーの宝庫

郷愁に浸《ひた》るというと、なんとなく批判的な評価がくだります。情けない現実逃避の手段のようにも見えます。しかし、現実から目をそらし、過去を追想することは、はたして逃避でしょうか。それは恥ずかしい行為でしょうか。

私はそうは思いません。

現実とは、過去、現在、未来をまるごと抱えたものです。未来に思いをはせて希望をふるい起こそうとする感情と、過去を振り返って深い情感に身をゆだねることと、どちらもたいした違いはないのです。人は、今日を生き、明日を生きると同時に、昨日をも生きる存在です。

歴史というと、過去をたしかめて、未来への針路をさぐる学問と考えがちですが、そういう、たんなる実利的な手段だけではありません。人が歴史にひかれるのは、そこにノスタルジーを覚えるからです。べつに、何か現実に役立てようとするわけではありません。

歴史は役に立たなくともいい。事実と異なってもいっこうにかまわない。歴史に真実があるから価値があるのではありません。歴史の真実など、実際にはありえるはずがありません。歴史家はあれこれと推理し、しかつめらしい証拠を並べ立てて、夢を見ているだけです。

百年の歴史すら、正しくは伝わらないものです。まして千年をへた歴史が、正確に再現されるはずがありません。

いま、この同時代の真実すら、私たちには見定めがたい。日々、私たちの目の前に起こり、ジャーナリズムがこぞって報道する出来事は、はたして真実でしょうか。ケネディを殺したのはだれか。九・一一のテロの真相は？　現代史ひとつをとってみても、その真実はすべて霧の向こうに隠されています。

今日、この現実すら、私たちは見定めることすらできないのです。さきの第二次世界大戦の歴史や戦後の歴史も、公にされ、発表されている資料にもとづいているだけの現代史に過ぎません。そこにすべての真実を見ることはできません。

郷愁に身をまかせることは、それぞれの個人にとって、疑いなき真実の時間です。古い流行歌を聴けば、一瞬のうちに若き日にタイムスリップします。いまはなき町のたたずまい、人びとのざわめき、自然の風景や姿などがまざまざとよみがえってきます。

それを後ろ向きというのは、貧しい心です。

人は郷愁の時間にこそ、真実を生きています。そのノスタルジーの深さに、人生の深さがあります。だから私は、手応《てごた》えのある、郷愁の時間を大切にしようと言っているのです。自分だけの時間にひたるのは、各人の勝手です。郷愁を、自信をもって楽しもう、というのが私の提言です。

郷愁をじっくりとエンジョイすることは、だれに迷惑をかけるわけでもありません。ただ、他人との会話の中で、同じ昔の話をくり返し語るのは、迷惑かもしれません。だから郷愁はできるだけ一人で楽しむのがよいのです。

古い時代の歌謡曲を聴く。淡谷《あわや》のり子の「暗い日曜日」をCDで聴くのもいいでしょう。

戦中だったか、戦後だったかは忘れましたが、

♫ 古き花園には　思いでの数々よ

という歌がありました。もともとは、淡谷さんの持ち歌ではありませんでしたが、私は大好きです。戦後のリメイク版では、青江三奈《あおえみな》が歌っています。これがとてもいいのです。「誰か夢なき」「白い花の咲く頃」などという戦後の歌も好きです。昭和二十年代の時代が、彷彿《ほうふつ》としてよみがえってくるのです。

私にとってタンゴは郷愁の音楽です。とりわけピアソラ以前の曲が好きです。

昔、岡本太郎《おかもとたろう》さんが健在だったころ、ピカソの話になって、

「ぼくはキュビスム以前の絵のほうが好きです」

と言ったら、岡本さんは顔を真っ赤にして、

「だから君はダメなんだ!」

と大声で叫んだことがありました。

岡本さんの言わんとするところはわかりますが、私には私の楽しみ方というのがあります。ピアソラ以前、というのは、そういう意味です。

タンゴの熱烈なファンの中には、アルゼンチンタンゴばかりを評価して、コンチネンタルタンゴを軽蔑する人が少なくありません。しかし音楽はこの世の楽しみであり、苦の世界の慰めです。音楽ぐらい自分の好みで聴かせてもらいたいと思います。古い本を引っ張り出して、ページをめくってみるのもいいでしょう。昔の白黒の映画もいい。古い遊郭《ゆうかく》の跡をひとりで歩き回るのもいいでしょう。

郷愁のタネは、どこにでもあります。もし刑務所に入れられて、そこで日を過ごすとしたら、何の楽しみがあるでしょう。

考えてみれば、いまの私たちの日々の暮らしも、人生という刑務所につながれて生きているようなものです。

一見、自由でありながら、人は生に縛《しば》り付けられて生きています。せめて贅沢《ぜいたく》な郷愁くらいは、心ゆくまで楽しみたいものです。

心の乾きをうるおしてくれる郷愁

何かを行うことと、何かを思うこととは、両方とも人間的な行為です。

未来を夢みて心を躍らせることと同じように、人は過去を振り返って思いにふけります。そのどちらにも優劣はありません。ともに私たちの人生のたしかな一部ではないでしょうか。

われ思うゆえにわれ在り——古い時間に思いをはせ、深い郷愁に身をゆだねる行為は、人間的な体験です。それをセンチメンタルだの、現実逃避だのと非難するのは間違いでしょう。過ぎし日の思い出は、甘美です。その甘美さは、決して後ろ向きの感傷ではありません。

人は現実生活の中で傷つきます。心が乾き、荒涼たる気分を覚えます。そのガサガサした乾いた心をうるおしてくれるのが、郷愁です。砂に水がしみこむように、歳月が心にしみこんできます。いまは還《かえ》らぬ季節。それは還らざる昨日であるからこそ、貴重なのでしょう。

ちなみに、私の記憶の底で響く最初の歌は「アリラン」や「トラジ」といった、朝鮮半島の民謡です。その歌をふと口ずさんで、思い出すのが、全羅道《チョルラド》のほんとにさびしい村のお祭りの情景です。

お祭りのとき、華やかな民族衣装のチマチョゴリを着て、娘さんたちがブランコ乗りをします。青空に突き刺さるような、途方もなく高いブランコ。それこそ十数メートルもありそうな高いブランコに、華やかなチマチョゴリを着た娘さんたちが乗って、空高く舞い上がっていく。一瞬、花が開いたように、てっぺんで停止して、上から降りてくる。地上では、娘さんたちを歓迎するかのように、祭りの太鼓や笛の音が鳴り響いている……。

八十年たったいまでも、「アリラン」の歌や「トラジ」という言葉を聞くと、あのときの不安と孤独がよみがえってきます。

私の心の底に流れる淋《さび》しさや孤独癖の原点は、そこにあるような気がします。

九十代に贈る杖ことば

九十代とは、私にとって未知の世界ですが、それこそ妄想を働かせて、その年代の景色を思い描いてみましょう。

私は昔から、諺《ことわざ》や格言の類に興味を覚え、気に入った言葉を書き留める癖がありました。それを、つらい人生を支える杖のような言葉「杖ことば」として集めてきました。『杖ことば』（学研プラス）という本も書きました。

私が、九十代の自分に贈りたい杖ことばは、

「君は至る所で死を待ち受けよ」

という言葉です。

紀元前一年ころに生まれた、ローマ帝国の哲学者セネカの著作の中に見つけた言葉でした。

じつは、私はこれまでに二度、自殺を考えたことがありました。最初は中学二年生

のときで、二度目は、作家として働きはじめたあとのことでした。

どちらの場合も、かなり真剣に、具体的な方法まで研究した記憶があります。本人にとっては、相当にせっぱつまった心境だったのでしょう。

ですが、現在、私はこうして生きています。当時のことを思い返してみると、どうしてあれほどまでに自分を追いつめたのだろうと、不思議な気がしないでもありません。しかし、私はその経験を、決してばかげたことだなどとは考えていません。むしろ、自分の人生にとって、ごく自然で、ふつうの成り行きのことのような気もしています。いままでは、自分が一度ならず二度までも、そんな経験をもったことを、とてもよかったと思うことさえあります。

これは、作家としての職業意識などではなく、ひとりの人間としての話です。

人間はだれでも、本当は死と隣り合わせで生きています。自殺、などというものも、特別に異常なことではなく、手を伸ばせばすぐ届くところにある世界なのではないでしょうか。

ひょいと気軽に、道路の白線をまたぐように、人は日常生活を投げ出さないとも限りません。ああ、もう面倒くさい、と、特別な理由もなく、死に向かって歩み出すこともあるでしょう。私たちはいつも、すれすれのところで、きわどく生きているのです。

そういえば若いころ、自殺を考えたことのある人びとの名前を集めたことがありました。

そんな人びとの中に、紀元前に生きた、このセネカの名前もありました。セネカは暴君ネロの師でありながら、千利休《せんのりきゅう》と同じように、のちに主君の不興《ふきょう》を買い、失脚し、自殺をしました。

彼は言います。

「どんなところで、死が君を待ち受けているかわからない。だから、君はいたるところで死を待ち受けよ」と。

「死は背後よりきたれり」と吉田兼好《よしだけんこう》は書き、「後生の一大事をいま考えよ」と蓮如《れんにょ》は語りました。

いまあらためて、死の側から生を語る、セネカの声に耳を傾ける時代がきたのではないでしょうか。

このごろさかんに、エンディングノートを書こうとか、終活をしようと言われています。終活とは、人生の終わりのための活動という意味だそうです。

遺影を専門に撮る写真館の予約が、何カ月も先まで一杯だとも報じられています。

先日はテレビのニュースで、自分の葬式体験ツアーが報じられ、棺桶の中に、にこにこしながら横たわる人びとの姿が映し出されていました。

「ああ、意外に寝心地がいいわね」

と話し合っている光景を見ると、これもいつくるかわからない死を、積極的に待ち受ける手段なのか、と考えさせられました。

自殺を真剣に考えたとき、かろうじて、生の淵《ふち》に踏ん張って生き延《の》びた体験をもつ者が、その晩年、いよいよ身に迫る死の影に怯《おび》えず、むしろ、それをおもしろがって、楽しんで待ち受けるような心境になりたいものだと、切に願っています。

セネカの、

「君はいたるところで死を待ちうけよ」

という言葉を口の中でつぶやくとき、ふと、死神とかくれんぼをしているような、たわいない稚気《ちき》に襲われるのは、私も歳《とし》をかさねてきたからなのでしょう。

人生の最期の時期に、遺書のようにものを書き留める人もいますが、私は絶対にしないだろうと思います。仕事部屋も家も、きっと乱雑なまま、この世から去っていくであろうと想像できます。

いざというときには、かっこよくこの世を去りたいと言っても、それは無理な話です。これまで生きてきたようにしか、できないものです。願わくば、あまりジタバタしたくない……と密《ひそ》かに思うのですが。

見える世界から、見えない世界の住人に

九十代に思いをはせて、そして、必ず、そう遠くない日にくぐるであろう、あの世の門のことを考えています。

そんな中、もうひとつ、思い出した言葉があります。

それは、ふた昔前、ＮＨＫの番組で、免疫学者の多田《ただ》富雄《とみお》さんと対談したときに、多田さんがもらされた言葉です。

「私たちの命は、生の中に死をはらんでいる。ある細胞が生まれる一方で、静かに死を迎える細胞がある。私たちは生きていくと同時に、長い時間をかけて死んでいく存在である」

と。

生と死とは、一線を画するものではなく、お互いに影響し、侵食しあっているものなのか、と、私は初めて気づかされました。

その密やかなドラマが、私という肉体の中で、いまも行われているということを考えると、何か、神秘的な気持ちになります。

どこかで宗教学者が書いていたことですが、私たちは、見える世界と、見えない世界の両方に、足を置いて生きている存在だというのです。どんなに、この世のことしか信じないと考える人でも、心のどこかで、見えない世界、神仏の世界につながっていると。

仏教の僧侶やキリスト教の司祭など聖職者は、軸足を、六割見えない世界に置いて生きていくのがよく、ふつうの、市井《しせい》の人びとは、四割を見えない世界に置き、六割を見える世界に置いて生きるのが理想だと言っています。

これは、人の一生についても言えるのではないでしょうか。

生まれたばかりの赤ん坊は、見えない世界の感覚で、この世を生きています。それが歳を経るごとに、見える世界の部分が多くなり、もう見えない世界の記憶などまったく忘れてしまう。

それが、人生の後半になると、いままで影を潜《ひそ》めていた見えない世界とのかかわりがふたたびはじまり、自分の中の、見える世界と、見えない世界との割合が逆転してくる。そして、軸足が、徐々に見えない世界に移ってくるのではないでしょうか。

八十五歳の私は、見えない世界への思いが七割で、この世のことは三割くらいが理想なのかもしれませんが、なかなかそうは行かないようです。それでも、この世のことで、どうでもいいじゃないか、と思えることが年々増えてきています。

一年一年、軸足を見えない世界に置き、九十代になったら、願わくば、二割くらいを見える世界に置き、八割を見えない世界に置きたいものです。

そして、最後は希望をもって、百パーセントのエネルギーで、見えない世界に飛びこんでいけたらと考えているのですが、はたして、どうなりますか。

あとがき

百年の長きにわたって、この世の中で生きるとは、どういうことなのか、どう生きたらよいのか、ここ数カ月ずっと考えてきました。

八十五歳の自分はさておき、もう少し若い世代の方たちの気持ちになって、思いを巡《めぐ》らせてきたのです。百歳人生という言葉を耳にして、最初に感じた戸惑いを少しでも払拭《ふっしょく》できないかと、自分自身に問いかける意味もありました。

八十五歳になった自分を、あらためて見つめ直してみました。日本人男性の平均寿命を超えて、生きていられるというのが、不思議な気もします。若いころからの、精神的、肉体的苦労、苦痛を考えると、よもや、こんなに永らえるとは思っていなかったというのが、偽《いつわ》らざる思いです。

ある年齢から、いまは余命を生きているという思いがあります。体の調子が格別悪いというわけではありません。重い病気の予《よ》兆《ちょう》を感じるというのではありませんが、八十歳を超えたころから、その思いが強くなってきました。

ただ、いつ、この命が消えても、それは天命だという気持ちになっているのです。

この余命いつまでつづくのかな、一年か、ひょっとして半年か。そう長くはつづかないだろうと、たかをくくっている気持ちがありました。

そんな中、降ってわいたようにマスコミや政府が言いはじめた「人生百年」時代の到来——本来ならば、長生きできる、と欣喜雀躍《きんきじゃくやく》してもいいところなのに、なぜか、やれやれという気持ちになってしまったのです。

昔、九州の山間の村で、お年寄りが野良《のら》仕事の最中、額の汗をぬぐいながら、「難儀《なんぎ》なことで」と嘆息《ためいき》をついていた姿を思い出します。でも、周囲を見わたすと、この思いに駆《か》られているのは、どうも私だけではないようなのです。働き盛りの五十代、六十代の人もそうだというのです。

たとえば新聞の広告で、百歳人生の備えは働き盛りのうちからと言って、投資型の年金保険などを宣伝されると、不安と疲労感がどっと押し寄せてくるといいます。

それはなぜなのか？

ここ二十数年、世の中は大変な方向に進んでいる、未曾有《みぞう》の出来事が起きている、地獄の窯《かま》の蓋《ふた》が開いた、と一貫して悲観的なことを言いつづけてきました。

暗いことばかり言うのは、いい加減にしてくれと、お叱《しか》りの手紙をいただいたこともありました。それでも、私はこの世に生きることのしんどさを、つぶやかざるをえませんでした。

「生きていることは難儀なこと」、という刷りこみが、私の心の中に漬物石のように居座《いすわ》っているのかもしれません。ブッダの説く、この世は生老病死《しょうろうびょうし》の、「苦」を背負った、不条理の世界という言葉が、日々リアルに迫ってきていると感じるのです。

そのような「苦」の人生が、自分の想像していた以上に、長くつづくとしたら、どうすればいいのか――いろいろ考えた末にたどり着いた結論は、百年といえども、一日一日の積みかさねである。長いスパンで考えて、思い悩むのはやめて、まず、今日一日を生き抜く覚悟をするということでした。

いま、ますます、今日一日を、自分の納得するように生きよう、という決意が大切なのではないかとつくづく感じています。

以前、気力、体力、思考力が落ちて、なんとも憂鬱《ゆううつ》な時期がありました。そのころ、喜びノート、悲しみノートというものをつけていたことがありました。今日一日を振り返り、ああ、よかったと思ったことを、簡単なメモに残す。それと同時に悔《くや》しかったこと、悲しかったことといったネガティブな感情も、短く書き留めておきました。

そのような小さな足跡を刻むことで、私は、つかみどころのない人生の実感を味わおうとしたのです。ちょうど男性の更年期《こうねんき》だったのかもしれません。

こうして、目の前のことに集中し、なるべく思いを拡散しないようにして、恐るおそる歩いているうちに、重苦しい時期を乗り越えた経験がありました。

八十五歳になった私がいま、「百歳人生を生きるヒント」として、言葉にできることは、このように単純なことでしかありません。

しかし、この、取るに足らない小さな一日が、百年つづいて、私たちの命を、次の次元にはこんでくれるのかもしれないと思うと、この世もなかなか味わい深いものだと感じることができるのです。

それと、もうひとつ付け加えるとすれば、百人百様、みんなそれぞれ異なった人間であり、生き方、考え方一つとして、同じ人間はいないという自覚が必要だということです。

たとえば、書店の棚に、長生きのための健康の本や生き方本が、無数に並んでいますが、それも、もとを正せば、ひとりの人間の考えたヒントであって、絶対に正しいというものではないということです。そんな、ささいなことを例にとっても、この世に絶対にたしかなものはないというのが、私の考えなのです。

この本も、私の乏しい経験から絞り出された、一つのヒントであり、つぶやきです。

私が痛感するのは、自分が本当に自由で居心地《いごこち》のよい小さな場所を、毎日確保することができたらそれでいい、ということです。居心地のよい場所はどこか、それを知っているのは、自分だけです。

それを探しながら、日々歩きつづけることが、生きるということなのではないのか。

あらためてそう思うようになりました。

五木寛之

＊本書は二〇一七年の夏から秋にかけて行われた著者へのインタヴューをもとに構成・編集したものです。

五木寛之　いつき・ひろゆき
1932年福岡県生まれ。朝鮮半島で幼少期を送り、47年引き揚げ。52年早稲田大学入学。57年中退後、編集者、ルポライター等を経て、66年『さらばモスクワ愚連隊』で小説現代新人賞、67年『蒼ざめた馬を見よ』で直木賞、76年『青春の門　筑豊篇』ほかで吉川英治文学賞。シリーズ累計約600万部（文庫等含む）の『生きるヒント』の他、『大河の一滴』、『林住期』、『下山の思想』、小説『親鸞』などベストセラー多数。

日経プレミアシリーズ｜357

百《ひゃく》歳《さい》人《じん》生《せい》を生《い》きるヒント

二〇一七年一二月二十日　一刷
二〇一八年　一月十二日　二刷

著者　五木寛之
発行者　金子　豊
発行所　日本経済新聞出版社
http://www.nikkeibook.com/
東京都千代田区大手町一―三―七　〒一〇〇―八〇六六
電話（〇三）三二七〇―〇二五一（代）
装幀　ベターデイズ
組版　マーリンクレイン
印刷・製本　凸版印刷株式会社

JASRAC出　1712060029-01
ISBN 978-4-532-26357-7　Printed in Japan

日経プレミアシリーズ 363

リンゴの花が咲いたあと

木村秋則

無肥料・無農薬の「奇跡のリンゴ」が実ったあとも、苦難は終わらなかった。女房が過労で倒れ、自身もガンを患う。農業指導や講演で全国を駆け回るうちにリンゴ畑は荒れていく――。でも、私は負けない。まだやらなければならないことがあるから。感動のベストセラー『リンゴが教えてくれたこと』続編。

日経プレミアシリーズ 361

90秒にかけた男

髙田 明・木ノ内敏久

長崎の一介のカメラ店主だった髙田明氏。わずか10年ほどで、「TV通販王」として一世を風靡するようになる。なぜ通販の常識をくつがえし、拡大し続けてこられたのか。なぜ最短90秒という枠の中で、自らメッセージを発信し続けてきたのか。その経営の神髄がここにある！

日経プレミアシリーズ 339

投資の鉄人

岡本和久・大江英樹・馬渕治好・竹川美奈子

長期で資産運用を続ける中では、さまざまな誘惑が登場します。それは「情報」「相場」「商品」、そして「自分」。これらに惑わされず、投資を成功に導くためにはどうすればよいのか。個人投資家に絶大な信頼を寄せられる資産運用のプロ4人が集い、4つのテーマから実践的にアドバイスします。